Author 寺王
Illustration 由夜
ブラックな騎士団の奴隷が
The Slave of the "Black Knights" is
ホワイトな冒険者ギルドに
Recruited by the "White Adventurer's Guild" as a S Rank Adventurer
引き抜かれてSランクになりました
8

The Slave of the "Black Knights" is
Recruited by the "White Adventurer's Guild"
as a S Rank Adventurer

CONTENTS

8

「――おお、懐かしいな」
最初に戸惑いを見せたのはクエナだった。

「だ、だれ……？」
次はシーラだった。
状況を理解しているのはリフだけだ。
「ああ、ジードじゃよ。
より正確に言うのならば――」
「あれ、ジード!? うん!?
いや、ジード……!?」

ブラックな騎士団の奴隷がホワイトな冒険者ギルドに引き抜かれてSランクになりました 8

寺王

OVERLAP

イラスト／由夜

第十一章

赤と黒のウェディング・パニック

The Slave of the "Black Knights" is
Recruited by the "White Adventurer's Guild"
as a S Rank Adventurer

8

第一話　日常と陰り

スティルビーツ王国。

小国ながら大陸屈指の学問都市を擁しており、恵まれているといえない立地や資源量でありながら、列強国に劣らぬほどの価値と存在感を発揮していた。

幸運にも恵まれたことから、当代の国王は侵略を受けても一度の敗北すら喫することはなかった。

その国王が逝去した。

惜しむ声が多かったのは継承争いが起こらないことへの安堵《あんど》もあっただろう。

そう、継承争いは起こるはずもなかった。

最有力候補だったのはウィーグ・スティルビーツ第一王子。

Aランク冒険者であり、学問にも通じている。

求心力は申し分なく、継承権保持者の中に異を唱える人物はいないはずだった。

「どうしてだ！　フィフ、おまえは剣すら握ったことがないじゃないか！」

ウィーグが王不在の謁見の間で叫ぶ。

相手は妹のフィフだった。美しい縦ロールの金髪と整った顔立ちは、確かにウィーグの血縁者を思わせる。

無感情な目でフィフが見下ろす。

「剣を握っていなければ政に携わってはいけませんか」

ゾッとするような冷たい声だった。

だが、ウィーグも押し負けないだけの修羅場をくぐっている。

「しかし、歴史を見れば権力争いで血が流れるのは必定だ！」

それは脅しのようでもあった。あえて口にする必要はないが、それだけフィフと争いたくないというウィーグの気持ちの表れだ。

そんなウィーグとは対照的にフィフは泰然自若としている。

「争いをするほどのことが起こると考えていますか、お兄様」

フィフは淡々としている。

次期国王として宮廷内を席巻《せっけん》したのはウィーグ・スティルビーツではなかった。その妹のフィフ・スティルビーツだった。

フィフの両脇に立っているのは将軍と宰相である。軍事と政治の実権を握るトップだ。

彼らの意思は明白だった。

「おまえ達《たち》もどうかしているぞ、将軍、宰相！　あれほど父に忠義深かったのに、どうしてこんな真似《まね》をした！」

将軍と宰相の行動は国を二分してしまいかねないものだ。

それだけウィーグは圧倒的なまでに次期王位継承を有力視されていた。

「申し訳ありません、ウィーグ様」

宰相の額には汗が流れている。将軍も動揺こそ見せていないが、乗り気ではないことが明らかだ。

なにか隠していることが窺《うかが》える。

「お兄様、大義のためです」

「大義？　大義だと。目的はなんだ！」

「それは言えません」

「言えないようなことならば、それは私欲ではないか！」

ウィーグが吠《ほ》える。

だが、それに意味はない。

フィフが軍事と政治を掌握している現状は、すでに最有力候補の座が移り変わっていることを如実に物語っている。

「お兄様、父上……亡き国王が遺言で指名したのはあなたでした。ですが、この状況をご覧ください。国を治めるために必要とされているのは私ではないでしょうか」

その言い方は宥《なだ》めるようなものだった。

瞬間、ウィーグは理解する。

妹フィフは自分など見ていないのだ、と。

「……こうなった以上、どうせ遺言など好きにできるだろう」

ウィーグが背を向ける。

「では、王位は？」

「欲しければくれてやる。おまえにもその権利はあるのだ」

「ご理解いただきありがとうございます」

白々しいまでの言い方をする妹を尻目に、ウィーグは部屋から――スティルビーツの宮廷から去った。

ここに新たなる女王が誕生した。

それは小さな国の出来事だったが、決して無視のできない渦が巻き起ころうとしていた。

◇

目を覚ます。

ふかふかのベッドが心地良い。

寝ている俺を、赤色の髪を持つ美女が覗《のぞ》いている。彼女も寝転がっているが、眼《め》はシャッキリと開いていた。

「おはよう、ジード」

「おはよ、クエナ。最近早起きじゃないか？」

いつから寝顔を見られていたのだろう。

「そうでもないわよ」

「そうか？　昼前くらいまで寝ていた覚えがあったんだが。ほら、俺がクエナに王都を案内してもらった時とか、朝早すぎて怒られたよな」

「あれは本当に早すぎたからでしょ」

クエナがぷくりと頬を膨らませる。かわいい。

「そりゃそうだな。ごめん」

当たり前のように昔の話を共有できていた。

そのことに気づいて幸せを感じる。

「いいってことよ」

なんて言いながら軽いパンチが繰り出される。痛くはない。

照れ隠しなのだろう。

「痛いって」

なんて言いながら少しだけ口が緩む。

お腹《なか》がグーとなった。

身体《からだ》が反応するくらい、いい匂いが漂っている。

「シーラが朝ごはん作ってるわよ」

「さすがだな」

ベッドにまで料理のおいしさが伝わってくる。


部屋を移動するとキッチンにシーラがいた。

短くも艶やかな金髪が楽しそうに跳ねている。

「おはよー！」

俺の姿を確認したシーラが元気な声を出す。

「おはよう」

平静に返す。

だが、内心は眼福でむふむふだ。今日も愛らしい顔と、日に日に成長している胸部。思わず手を合わせてしまいそうになるが堪《こら》える。

すでにクエナは席についていた。

その対面には青い髪の、これまた綺麗《きれい》な少女がいる。

彼女、ネリムが冒険者カードから俺に視線を移した。

「くそ。またイヤな顔を見てしまった」

ネリムが言いながら憎々しそうに冒険者カードに視線を戻す。

料理ができるまでニュースでも見ているつもりなのだろう。

「お互い居候なんだから我慢してくれ」

「そっちは同棲《どうせい》の間違いでしょ。それに私はアステアの脅威から少しでも身を守るために
ここにいるの。お金は普通にあるし」

ネリムがSランクになってから数か月が経《た》っている。

そりゃ金銭も貯《た》まっていく一方だろう。

かくいう俺もお金に困ることはないだろう、というくらい貯金があった。

「ネリムだったら隣の家でも買えるんじゃないか？」

「家から家に移るだけの時間があれば、あなたは何ができるの」

時間か……

十秒もあれば移れるな。

その時間があればAランクの魔物であれば三体くらい倒せるかもしれない。

これは貴重な時間のロスに繋《つな》がってしまうな。

「たしかに一緒の家の方がいいな。でもイヤって割に朝ごはんは一緒なんだな」

「なるべく同じ時間を過ごしているだけ。どうせ依頼とかこなすと離れることになるけど、

一つの場所にまとまっていた方が危険は少なくなるじゃないの」

「いろいろ考えているんだな」

その対アステアの姿勢に感服だ。

ぷいっと、ネリムが視線を逸《そ》らして口を尖《とが》らせる。

「でも仲良くはしたくない」

「なるほど」

ネリムとは女神アステアに対する考え方を共有している。

個人的に良い印象も抱いている。

そういうことで俺としては仲良くしたいのだが、なにかネリムからは抵抗するような素振りを感じてしまう。

生理的な嫌悪感でも持たれているのだろうか。

「はーい！　できたよー！」

シーラが食事を持ってくる。

一回では運びきれないので、みんなが一緒に並べるのを手伝っている。

身体が資本の冒険者の食卓には朝から豪勢なものが並ぶ。

半分はシーラが楽しすぎて作ったもので、クエナ達が食べきれなかったその半分は俺が食べることになるのだが。

適度な会話をしながら食が進んでいき、お腹を満たした者から食器を片している。料理をしてくれたシーラの負担をなるべく減らすのだ。

「あら、戦争だって」

クエナが言い、ネリムが反応する。

「また？　最近多いわね」

ウェイラ帝国と冒険者ギルドの支配力が強まっているとはいえ、不穏な影は消えない。

ロイターの一件以降、アステアが何かしたという話はない。

だが、やはりアステアがどこに影響しているともわからない。

こういう現状である以上は警戒を解けないのだ。

それから俺も食事を終えて流し台に食器を置く。

「ちょっと出かけてくる」

「あら、依頼？」

クエナが尋ねる。

「いや、ソリアのところだ」

「通い妻ならぬ、通い夫ってやつかしら。キモイ」

ネリムが心の底から卑下する目を向けてきた。

精神的なダメージが強い。

「違うって……勘弁してくれ。それじゃあ行ってくる」

「いってらっしゃい！」

「気をつけてね」

「いってら」

三者三様の言葉が返ってくる。

転移の魔法で神聖共和国に向かう。

◇

そこは郊外にある建物の一室だ。

質素な部屋だが、どことなく心の落ち着きを与えてくれる。

「やはり、もうひとりのジードさんは話し合ってくれませんか」

長い桃色の髪をした少女が言う。

真・アステア教の筆頭司祭をしているソリア・エイデン。

いまだに聖女と呼ばれている、大陸屈指の著名人で、天才的な治癒魔法の使い手だ。

そういえば『アステアの徒』の一件以降はスフィに代わって大司祭という役職も担っているとか。

なかなか忙しそうだ。

「こっちから外に出そうと思えばもうひとりの人格は出てくるだろうが……危険すぎるかな」

俺はリクライニングチェアに横たわっている。

先ほどまで内なる自分というやつと語り合っていた。

精神状態を調べ、もうひとりの人格との対話を試みていたのだ。

「過酷な環境……目を覆いたくなるような場所や状況だと、人は精神の安定をはかるために防衛本能として異なる性格や記憶を持つもうひとりの人格を生み出します。それがあの『禁忌《きんき》の森底《しんてい》』で子供の頃から培われたものならば、会話すらできないほど強靭《きょうじん》なのも頷《うなず》けます。ですが、まさかここまでとは。あらゆる療法を尽くしているのに……」

そう言うソリアの顔は辛《つら》そうだった。

俺のことだというのに、まるで自分のことのように苦しんでくれる。

そんなところに良心を感じ取ることができ、だからこそ俺の身体や精神のことを任せられる。

「でも、ソリアのおかげでだいぶ楽になってきたよ。治癒魔法だけじゃなくて心理的な面もサポートできるなんてすごいな」

「い、いい、いいえ！　私なんかがジードさんのお役に立てているのなら何よりです

「……！」

ふと、ソリアが昔の喋《しゃべ》り方《かた》に戻った。

彼女は俺と喋る時、稀《まれ》に凄《すさ》まじい動揺の仕方をする。

昔はこれが常だったが、今は慣れてきてくれたようで落ち着いた喋り方になっている。

が、稀にその癖が戻ってくるたび、どこか懐かしさを感じてしまう。

「悪いな、神聖共和国の復興活動で忙しいっていうのに」

「もうあれから半年ですか。犠牲になった方の家族を含めて痛みは消えませんが、遷都も済ませましたし、みんな前に進む決心がついてきたようです」

「そうか。なんだか後始末を任せてしまっていて申し訳ないな」

神都を滅ぼしたのは俺だ。

犠牲を生んだのは俺でもある。

ソリアと会っているのはもうひとりの人格だけが理由ではない。

そういったケアもしてもらっている。

「ジードさんには手伝ってもらっていることばかりですから、むしろこちらが申し訳ないくらいですよ。これからも助け合ってくださいますか？」

「もちろんだ。これからも一生かけて」

それだけ世話になった。

俺としてはギルドのSランクに推薦してくれただけで、返しきれない恩がある。

「い、いいい、一生……！」

ポンッとソリアの顔が真っ赤に染まる。

また出たか。

なんだか心がほっこりするな。

それからしばらくして転移の魔法を使い、クゼーラ王国に戻る。

◇

ギルドマスター室。

部屋自体は相変わらず威厳に満ちているが、その主は部屋とのギャップで可愛《かわい》さに拍車がかかっている。

ちょこんっと椅子に座って偉そうな格好をしているが、見た目は完全に幼女かあどけない少女だ。

「こうして呼び出されるのは久しぶりだな、リフ」

膝まである紫色の長髪は机の向こう側で見えない。

だが、吸い込まれるような黄金色の大きな瞳はクリクリとこちらを見据えていた。

「ふふん、わらわは忙しいからな。例の魔法の開発も含めてな」

「本当にできそうなのか？」

「あくまでも空想じゃったが、すでに試行段階に入っておる」

「ってことは、今日の用事は例の魔法か」

「残念じゃが、それについてはもう少しだけ待ってほしいの。今日は別件じゃ」

リフが指を二本立てて続ける。

「女神アステアの影を感じ取った」

「ついにか」

この半年の間、音沙汰がひとつもなかった。

その理由にリフの張った結界がある。

各種族と連携して大陸とその周辺にアステアの念波が届かないようにしているとのことだった。詳しいことはよくわからないのだが、まあ幼女に見える天才がアステアの動きを阻害していることだけは確かだ。

「ニュースは見たか？　小規模な戦争が起こった」

「ああ、あれか。なにか変なのか？」

なんだかんだで戦争はいつでもどこでも起きている。最近は頻発しているとも聞いていた。

小競り合い程度のものならば月に何度も起こっている。

それが大陸の普通だった。

……まあでも、ここ半年は平和と言っていいくらい、大規模な争いは起こっていない。

それはウェイラ帝国とギルドが連携して統治を進めているからだろう。

「ただの戦争ならば構わん。が、ウェイラ帝国の勢力圏にある国に対して戦争をしかけておるのじゃよ。人族では大きく頭抜けた勢力に喧嘩《けんか》を売るなど正気の沙汰ではない。普通は目をつけられないよう媚《こ》びを売るか――」

「雌伏して時を待つ、だろ。だから今、戦争を起こしたということは勝算があるわけだ」

「それが相手は複合軍という寄せ集めの義勇軍みたいなものでの。血迷ったのかというくらいに弱小勢力なのじゃよ」

と、なればたしかにアステアの影響を感じざるをえないわけだ。

アステアの助力があれば無茶な戦争をしかけても勝てる可能性はある。相手にはそれだけの力を秘めた未知の技術があると想定できた。

「たしかに怪しいな」

そんな感想が出るのは自然なことだろう。

「単純な考えなし共だったとしても無意味な犠牲は出しとうないしの。いくらウェイラ帝国とギルドで厳格な管理体制を築いておっても、開戦を未然に防ぐのは難しいこともある」

「それで俺に調査か制圧の依頼ってわけだ」

局所的な戦いならばトップを抑えれば問題解決だ。

単純な食料や資源の供給問題なら話し合いで解決できるかもしれないが、アステアの影響を受けているとなると抵抗をするだろう。

それでも犠牲が出るよりはマシだ。

「いや、実はもう一件ある。こちらはニュースにはなっていないが、同じレベルの問題じゃよ。エイゲルを覚えておるか？」

エイゲル。

俺と同じく勇者パーティーに選ばれた男だ。

メガネを掛けていて、自らが開発したマジックアイテムを使って戦う手法だった覚えがある。

そして、贔屓《ひいき》にしている美味《おい》しい串肉屋の息子だ。

「覚えているよ。頭が良さそうなやつだろ？」

「そやつが魔族領内で暴れていると報告を受けた」

「どうして？」

「理由はわからん。が、これがアステアの企《たくら》みならば止めねばならぬ」

人族と魔族の仲たがいを誘発しようとしているのかもしれない。

どちらにせよ、早急な対応が必要な案件だな。

「つまりもうひとつはエイゲルを止めることか」

「そうなる。どちらもロイターほどではないにせよ、脅威じゃ。お主の力を借りたい」

戦争と、エイゲルの暴走。

たしかにどちらも一筋縄ではいかなそうだ。

「俺は構わないが、どちらを先に解決しに行くべきだ？」

流石《さすが》に俺が分裂するわけにもいかない。

先にどちらかを解決しなければいけないが、後になってしまった方は手遅れになる可能性だってある。

「お主はどうしたい？」

「エイゲルの方だ。あいつには借りがいくつもある」

「そう言うと思ったのじゃ。しかし、めんどうじゃのお。戦争を止める術《すべ》を考えねばならん。お主が戦場に行けば一瞬で解決なんじゃが」

「そんなに切迫しているのか？」

俺としては現在進行形で魔族領に侵攻しているエイゲルの方が急ぎの案件に思えたのだが。

リフが腕を組みながら小さな首を上下に振った。

「どちらも大変な状況じゃよ」

「――その件でルイナ様から連絡がある」

「ぬぉ！　隠密《おんみつ》に磨きがかかったの！　わらわでも気づけなかったぞ！」

突如現れたのは蠱《こ》惑的《わくてき》な泣きボクロが特徴の黒髪の美少女だ。

気配の消し方がうまくなっており、俺ですら冷や汗を掻《か》いてしまいそうになる。

通話系のマジックアイテムを介さずに、こうして直接来ているのはアステア対策らしいが……詳しくはよくわからない。

「一週間の準備期間とジード。それで解決」

ユイが俺の腕を手繰り寄せて胸元に押し当てる。

傍《はた》から見ると距離感の近い恋人に見えるだろうか。俺としては胸のドキドキでそれどころではない。

「……ふむ？　一週間もあればウェイラ帝国は戦争の件を解決するということかの？」

「それとジードを借りる」

「ルイナが言っておったのじゃな？」

「ん」

ユイが頷く。

ユイのわずかな身体《からだ》の動きが腕に伝わってくる。感触が心地良すぎて俺はダメになりそうだ。

「では、ジードよ」

「ああ」

リフの呼びかけで気を取り直す。

「エイゲルの救出は一週間以内に行うことじゃ。とはいえ、お主には十分すぎる時間かの」

「転移と探知魔法を使えば簡単だな。厄介なのに捕まっていなければいいんだが」

「そうじゃの。どちらにせよ、なるべく急げ」

「すぐに向かう」

ユイの手に俺の手を重ねる。

「ちょっと行ってくるよ」

「ん……」

やや寂しそうな顔をする。

あまり見せないが、ユイはかなり甘えん坊な面がある。

こんな状況でも一緒にいたい気持ちの方が強いのかもしれない。

「またクエナの家に来てくれよ」

「ん」

ロイターの一件から半年。

とある事件を契機に、ユイは一週間に一回の頻度でクエナの家を訪れている。

そのことを思い出して、また会える安心感からか、ようやくユイが離れた。今度は俺の方が寂しい気持ちになるのはジレンマだろう。

気が変わらないうちに口を開く。

「――転移」

視界が明転する。

◇

魔族領。

ここは七大魔貴族クオーツの領土だ。

覇権を争えるほどの一大勢力であるため、一般的には不毛な魔族の領土の中であって、珍しく栄えている数少ない場所だった。

しかし、今や他の領土と変わらない。

どちらかといえば崩壊した建物と相まって、文明に打ち捨てられた跡地のように見える。

だが、閑散とはしていない。

むしろ轟音《ごうおん》と黒煙が立ち込めている。

「襲撃を受けているからと聞いて帰ってみたら……随分と凄《すご》いことになっているじゃないか」

クオーツ。

魔族には珍しくもない人型だが、漆黒といえるほどに黒い皮膚が人ではないと伝えている。片側だけの翼は飛翔《ひしょう》することができないだろうと推察できた。

「あなたがここのボスっすか」

エイゲルがメガネを掛け直しながら問う。

メガネが受けた光の反射で一瞬だけクオーツの姿が視界から消える。

それだけの僅かな時間でクオーツが迫っていた。

「──その会話はもうした」

クオーツの手が伸びる。

それをエイゲルが片手で押さえていた。

「でしたね。それにしてもメガネの改良も必要っすねえ……」

「なっ！」

クオーツが慌てて距離をとる。

再び魔法を展開する。
ドームの形をした魔力がクオーツとエイゲルを囲う。
（たしかに複数の選択肢の中から正解を選んだはずだった――）
未来視。
それがクオーツの力だ。
（もう一度だ）
何かの間違いだったかもしれない。
今度はたしかにエイゲルの左胸を貫いている。
そう思い、足を踏み込んで距離を詰める。
「ムダっすよ」
クオーツの手が空振りする。
エイゲルに懐に入られた。
未来視がズレている。
（いや、書き換えられている……!?）
そう思った時にはエイゲルの手のひらがクオーツの腹部を捉えていた。
掌底。
だが、痛みも衝撃もない。

クオーツが腹部を確認する。

直接の視認ではない。

未来視による数多《あまた》の未来の選択肢から腹部の状態を確認する。

それがもっとも効率的で隙を生まない。

「ばかな……」

「穴を開けました。魔族はひとりひとり体の構造が違うっすけど、さすがにこれで動けないっすよね」

なにも感じない程度の攻撃だったはずが、たった一撃で行動不能に陥っていた。

クオーツの膝が地面につく。

「まさか、ここまでの強さとは……賢者エイゲルよ」

「おや、知ってくれてたんすか」

「当たり前だ。有名人だという自覚は持っておけ」

「そっすか」

興味もなさそうにエイゲルが言う。

愛想が悪いが、クオーツはそれに腹を立てることはなかった。そもそも立てる腹もない。

「ひとつだけ教えてくれ。どうやって俺の未来視を破った？」

「誤認のマジックアイテムっす」

エイゲルが種明かしとばかりに懐から小さな淡い水晶を取り出す。

「あなたの未来視は魔力を展開した一定空間内の『自身が認識する現在の状況』と『自身の知り得ない未知の情報』を総合して未来を演算するようですね。当たり前ですが、何の基本情報の入力もなしに知りたい未来だけを視《み》るのは不可能ですから。だから演算に必要な前提条件――あなたの認識を欺いてしまえば、未来視は間違った解を導くっす」

「そうか、同じ未来視かと思ったが……未来を視ることができるのは俺だけというわけか」

「そうでもないっすよ。未来に関しては他にも研究してる人がいるっす。ちょっと手伝いましたけど」

エイゲルがクオーツに手を伸ばす。

クオーツの脳裏に走馬灯が走る。

この状況で死を覚悟しない者などいない。

しかし、エイゲルが手を止めた。

「――だれっすか？」

無視できない気配の存在を感じ取っていた。

気配の主は隠すことも、もったいぶることもせずに堂々と崩壊した建物の上から見下ろす。

「おっと、バレちゃったか」

銀と桃の交じり合った髪が、戦闘によって暖められた風になびく。くりくりとした大きな瞳がエイゲルとクオーツを交互に見ていた。

「おどろいた。現魔族最大勢力のトップっすか」

「フラウフュー・アイリー……なぜ貴様がここにいる！」

フューリーという愛称で呼ばれる中性的な顔をしている少年は、七大魔貴族の領地を四つも保持している、次期魔王の最有力候補だ。

敵対関係に近いクオーツがねめつけている。

「なぜって、クオーツくんを助けに来たんじゃないか」

「助けにだと……！」

クオーツが反論を口にしようとして、続けられなかった。言葉が思いつかなかったこともあるが、フューリーが視界から消えたために誰に向かって言えばいいのかわからなくなったのだ。

フューリーが軽い足取りでエイゲルとクオーツの間に立つ。そもそも隙間などなかったためエイゲルが後退した形になる。

エイゲルは滅多に恐怖が湧かない。それが彼の欠点であり、長所でもある。

そんな彼が珍しくフューリーに対して恐怖を覚えていた。

「やあ、人族のエイゲルくん」

フューリーが顔を近づける。

「あはは、ぼくが有名ってのは本当みたいっすね……ここまでの大物に知ってもらえているとは」

それはフューリーと同格とされるクオーツを卑下しているわけではない。

時代が違えばクオーツもまた魔王の器となっていた。

しかし、フューリーは格が違う。

七大魔貴族の領土の四つを制しているが、残りの三つは意図的にとっていない。そもそも魔王になる条件は四つ以上の領土の支配なので、その気になれば魔王にはいつでもなれる存在なのだ。

無冠であるだけで歴代の魔貴族でも最強クラスなのは間違いないだろう。

「それで、エイゲルくん。ひどく暴れてくれた落とし前はどうつけるんだい？」

さしものエイゲルもここまでの相手は想定していなかった。

今いるのはクオーツの領地なのだ。

他の魔貴族の領地に侵入することは敵対を意味する。それすなわち戦争だ。これがエイゲルの侵攻からしばらく経《た》って、クオーツ勢力が弱体化した隙を狙ったのであれば話は別だが、この行動はあまりにも素早すぎた。

あるいはフューリー以外であれば対応できたが、最もありえない存在がここで登場してしまった。

「ま、逃げさせてもらうっすよ」

エイゲルがマジックアイテムを取り出す。

それは転移の魔法を展開するもの。

構成するアイテムの獲得の難しさや、製作する難易度から世界でも有数ともいえる希少さを誇る。保有しているのはウェイラ帝国女帝のルイナをはじめとした権力者ばかりだろう。

しかし、エイゲルともなれば自ら作り出すことも可能だ。

さらには旧来のものからバージョンアップさせることも。

「――できるの？」

フューリーがにまりと口元を三日月の形にする。

エイゲルの背に冷や汗が流れた。

「どういうことっすか……」

転移魔法は展開されなかった。

「ボクの仲間が優秀ってことかな？」

フューリーが言うと、懐からマジックアイテムを取り出した。

エイゲルが持つものとは違う形状だが、それこそが転移に何かしらの影響を及ぼしていると、エイゲルは感じとった。

「行動を読んでいたんすか？」

「うん」

フューリーが可愛《かわい》らしい顔で肯首してみせる。純粋無垢《むく》に見える容姿も相まって、凄惨な景色と言動のちぐはぐさが際立つ。

あまりにも端的な返答だったが、これは決して誇張ではない。なによりもフューリーに都合の良い現実が嘘《うそ》じゃないと示している。

絶望的な状況でも、エイゲルの目は死んでいなかった。それはなにか他の打開策があるわけではない。

「ちなみにどうやって読んでいたんすか？」

自信のあった計画が阻害された。

その仕組みに興味が生まれた。

たったそれだけのことで死の恐怖を乗り越えている。

「すごい。きみのその問いは嫌味でもなければ諦めでもない、純粋な疑問だ」

フューリーがいたく感心してみせた。

それゆえに続ける。

「あまり言いたくないけど、きみには敬意を持てる。だから特別に教えてあげよう。女神アステアが魔族領に攻め入るときに使う駒が君だと思ったんだ。君は様々なマジックアイテムを生み出した。生活に関するものから研究に関するもの、人族の利便性を三十年分は向上させた。それ以上に戦闘に関するマジックアイテムもね。その高度な技術さえあれば、魔族領に攻め入るには十分だと考えていた」

それだけじゃないよ、とフューリーがさらに間髪を容《い》れずに言う。

「君は単独でクオーツを殺すに至る。ボクには届かないけど女神アステアにはそれで十分なんだ。精々魔族領で暴れて戦争のきっかけを作ればね。なにより、もし失敗しても君は決して無駄にはならない。どちらにせよ君が死ねば大陸は混乱する。無数の特許を持ち、【賢者】として、あるいは多くの人々を救った開発者として、情報は錯綜《さくそう》して火種になる。だから君が来ると……いや、来るなら君だと思った。狙うならボクを除いたトップの権力者、だから場所はクオーツの領地」

エイゲルが頭を掻《か》く。

目を空に向けながら思考を整理する。

「他にも聞いておきたいことがあるっすけど、ひとつだけどうしても腑《ふ》に落ちないっす」

「なんだい？」

「あなたの話には絶対の前提条件が必要です」

「前提条件？」

フューリーが不思議そうに頭をもたげる。自分でも気づいていなかったことだけに、興味が湧いた。

「それは女神アステアの存在っす。彼女が僕を使って攻めさせること、なにより宗教の象徴的存在であるアステアが実在している確証を持っていなければならない」

「じゃあ、エイゲルくんは女神アステアの存在を否定するの？」

「いいえ」

「それが答えじゃないか」

「屁理屈《へりくつ》っすよ」

「でも互いにいるとわかっているのなら、別にいいじゃないか」

らちが明かない問答だった。

それは暗にフューリーが会話の終わりを告げるサインだった。

エイゲルはここまでの時間を無駄にしていたわけじゃない。

いくえにも計略を巡らせたが、ついに生還して脱出することを諦めた。

不意に殺気を感じ取る。

「俺のことを忘れるなッ！」

クオーツが手を鋭く尖《とが》らせてエイゲルを狙う。

完璧に隙を突いていた。

エイゲルは咄嗟《とっさ》のことに避けようとすることすらできない。

しかし、突如として現れた男は違った。

「これ、どういう状況だ？」

クオーツの頑強な腕が止められていた。

それをしたのは黒い髪の男だ。

「きたんだ、ジードくん」

フューリーが軽快な声音で彼の名前を口にした。

戦場には一転して奇妙な静けさが漂っている。

フューリーの時は驚きで騒々しい雰囲気だったが、ジードの時は誰もが次の動きを警戒して無言になっている。

かたんと壊れた木材が崩れる音が耳障りに聞こえるほどだ。

◇

急いで来たものの、すでに魔族領は荒《すさ》んでいた。

「あー……エイゲルはどこまでやった感じだ？」

「死者は出ていないみたいだよ」

フューリーが返答してくれる。懐かしい顔だ。

俺が腕を止めたのはクオーツだったか。かなりズタボロにやられている。気まずそうに視線を逸《そ》らして腕を払いのけてきた。

「よかった。なら賠償できる範囲は人族側でさせてもらう。もちろん、罪も償わせる。だからここは許してやってくれ」

意外そうな顔をしたのはフューリーだった。

「ここに来たのはエイゲルくんを連れ戻すためなの？」

「ああ、できるなら平和的に解決したい」

「ははっ、アステアから使命を受けたからではないんだ？」

意外な問いかけだった。

フューリーはアステアについて何かしら知っている様子だ。

こちらからも聞き返したいところだが、今はエイゲルが優先か。

「むしろ逆だと言っていい。俺はアステアから守るためにエイゲルを連れ戻しに来たんだ」

「僕を女神アステアから守るため……？」

エイゲルは口をぽかんと開いたまま、状況の理解が追い付いていない様子だった。

「その様子だとアステアの狙いがわかってきたのかな。やっぱりギルドのマスターと話し合ったとおりで間違いなさそうだ」

「おまえこそ、わかっていたのか？」

「うんうん、ジードくんがその感じなら、ぼくのわかっている範囲を教えてあげてもいいかな。さっきはエイゲルくんに意地悪しちゃったけど、ボクの知ってること全部話してあげるよ」

俺もあらかたの事情を知っている。というかリフとルイナから聞いていた。

だが、フューリーの話を遮るわけもなく、新たなる情報を得られるかもしれないと考えて頷《うなず》く。

「女神アステアの目的は魔族と人族の戦争そのものだ」

そして、得た情報は前提を覆すほどのものだった。

「待て。アステアは勇者や魔王をはじめとした突出した実力を持つ個人を殺すために動いているんじゃないのか？」

「なにそれ？」

「魔王を討伐した後、勇者パーティーはアステアの管理下にある『裏切り者』によって最後の一人になるまで、仲間内で殺し合いをさせられる。それは強すぎる個人は大陸を乱しかねないからだと。俺達《たち》はそんな犠牲を出さないために動いているんだ」

もっといえば、アステアの支配から逃れるためだが。

「ふーむ。ボクの知りえているものとは随分と違うね」

フューリーが口を尖らせて疑問符を浮かべた。

大人しくなっているクオーツが言う。

「おまえの知っているものとはなんなのだ」

「君達は魔族と人族がどれだけ戦争をしたか知ってる？」

「二十二回だ」

即答したのはクオーツだった。

それは人族も共通の理解で、俺も思い出して頷いた。エイゲルにしても知識として覚えているようだった。

だが、フューリーは罠《わな》にうまく引っかかってくれたとばかりに楽しそうに首を左右に振った。

「いいや、その何倍も、何十倍も戦争をしているんだ」

となると、下手をすれば百回以上も戦争していることになるのか？

俺も驚いたが、何より即答してみせたクオーツが咄嗟に口を開く。

「なっ！　どういうことだ！」

「うちに研究好きの魔族がいてね。そいつが偶然掘り起こした資料があったんだ。それによると、ボク達の前の世代……つまり、何千年も前から魔族と人族は戦争していたことになる」

「歴史が刻まれる前の話か？　それはもう神話の領域のはずだろうが！」

「いいや、神話よりも前の話だよ」

「そんなものが残っているものなんすか？　保存はどうやって？　文字は現在のと共通していたんすか？　そもそも何千年も前ってどうやってわかったんすか？」

「おいおい、いくつも質問しないでくれよ」

フューリーが困りつつ苦笑いを浮かべる。

エイゲルが待ちきれない様子で真っすぐに見つめているため、フューリーは答えざるをえなかった。

「保存方法はボク達の時代にはないものだよ。オーバーテクノロジーって言えばいいのかな。時代がわかったのは地層だとかマジックアイテムの経年劣化でね。ただ一番の不思議は文字が現代の文字と共通していたこと。これだけの長い時間が経《た》っているのにね」

そこまで話を聞いて、フューリーが虚言を吐いている可能性を考慮していたのはクオーツだけだったようだ。

エイゲルは純粋な興味から聞いている。

俺は……直感的にフューリーが嘘をついていないように感じた。

それはアステアの件で隠された様々な事実が明るみになっていたことや、俺自身が未《いま》だに常識が欠陥しているところがあり、歴史として記録されていない時代があったことへの驚きが薄いことにも起因しているのかもしれない。

「だからアステアの目的は戦争ってことか?」

「ボクからしてみれば純粋に戦争をさせて楽しんでいると思うんだよ。実際にここまで無意味に思えるほど魔族対人族の戦争が起こっているから。でも、それ以外の目的もあるように感じる。だって何度も似たようなものを見れば飽きるのが普通だろ?」

それが本当だとすると、アステアはあまりにも純粋な悪だ。胸の奥底から反吐《へど》が出る。

それなのに、フューリーは随分と落ち着き払って言っている。しかし、それはこの状況を諦めたことで生まれた平静さなのかもしれないと感じた。

「アステアの心理なんて推し量るよりも、今は暴走を止める。できれば倒したい。それが俺達の考えだ」

「なるほどね。ま、そちらのギルドマスターさんは魔族領でも仲良くしてくれているからさ。ギルドはうちもなかなか助かってるんだ。どちらにせよ、協力関係だよ」

それでもまだ疑心暗鬼な様子だ。俺達の知らない時代から次第に積み上がってきた確執だから仕方ないが、こうして手を取り合えているだけでも前に進めているのだろう。

「なら、エイゲルには?」

「手を出す気なんてさらさらなかったよ」

「なっ！　領地に被害が出てるんだぞ！」

クオーツが不服そうに怒鳴る。

エイゲルにやり返さなければ収まりがつかないとばかりだ。

そんな彼にフューリーが肩を揉《も》みながら微笑《ほほえ》みを浮かべる。

「も～、それはボクがなんとかしてあげるからさ」

「断じてフラウフュー・アイリーの手など借りるものか！」

「じゃあ君が倒されるの無視しちゃうけどいいの～？」

フューリーが意地悪く身体《からだ》を左右に揺らしながら陽気に言った。それにクオーツが
「ぐっ……！」と言葉を詰まらせている。

なかなかに悪魔だな。

しかし、これで解決できそうだ。

「フューリーがいてくれてよかったよ。俺はこっちで戦いなんてしたくなかった」

「あはは、よかったのはこっちだよ。覚えているかい、ボクがジードくんを勧誘した時の話をさ」

「ああ……俺のことを勇者って言って、魔王になれと誘ってきたな。そうか、あの時からもうアステアのことを知っていたのか」

「そうだよ。だから、君が味方になってくれて頼もしいよ」

勇者が魔王になれば戦い自体が起こらない。

しかし、俺は魔王の勧誘を蹴った。

だから最後は俺と交流を持ったのか。

フューリーにとって、俺が側近三人を倒した時の恐怖感は果てしないものだったのだろう。

魔族領の命運を左右する自分が害されるかもしれない。

そして魔族領が悲劇の場所になる。

フューリーが魔王にならないのは、アステアに抗《あらが》うためか。

俺が敵である勇者になったのなら、アステアに抗うのも難しくなる。まず俺に抗わなければいけなくなるのだから。

「じゃあ、エイゲルと俺は行かせてもらうよ。ここも戦闘が終わってから魔族が集まり出している。これ以上の問題を起こすわけにはいかないからな」

「おっけー！」

「くっ……わかった」

魔族側の了承は得られた。

エイゲルに手を差し出す。

やや間があって、エイゲルが手を重ねた。

「転移」

視界が点滅した。

◇

男がいる。

男は黒一色の格好をしている。

その恰好《かっこう》は陰でコソコソと逃げ回るためのものであり、陰鬱な印象を受ける。

男の名前はレ・エゴン。ささくれた様子の男は元々中堅国家の宰相だった。

しかし、所属していた組織は国家ではなく、より甘い汁を啜《すす》れる『アステアの徒』だった。彼に忠誠というものはなく、好き放題に暴れていた。

だが、気がつけば『アステアの徒』は解体。

表の顔として属していた国家も吸収されていた。

幸いだったのは、レ・エゴン以上に非道の限りを尽くした面々がいたことである。

彼は危険度も低いために極刑は免れた。だが、散々不義理の積み重ねで蓄えられていた資産は没収されることになった。

そんな彼は裏社会で生きていた。

怯《おび》えきった女と豪華な部屋に囲まれながら、報告に来た男を迎えている。

「こ、今月の収支状況です……」

男が恐る恐る渡したのは数枚の資料だった。

レ・エゴンは受け取って目を通す。それからあからさまに顔を顰《しか》める。

「ちっ……また減ったか。おい、ちゃんと薬を広げているのか？」

「そ、そのように聞いています……」

「せっかく蓄えた金が減っていく一方じゃないか。あ？」

レ・エゴンは『アステアの徒』崩壊後の混乱に乗じて、多くの法を破ってきた。

最初は人身売買である。

各国の騎士団が要人の逮捕や民衆の糾弾で不安定になった中枢の守りを固めている間に、盗賊を使って辺境や開拓中の村の人々を襲わせた。

当然、金品も強奪している。

そこから得た資金で博打《ばくち》の運営や薬の売買などで、混乱を良いように利用している。

だが、戦乱の嵐が過ぎて久しい今日では監視の目も厳しくなり、彼の資金源も縮小の一途をたどっていた。

報告に入った男は、レ・エゴンの勘気に触れていると悟って、目を瞑《つぶ》って消え入りそうな言葉を呟《つぶや》くように吐いた。

「そ、その、申し訳ありません……」

「はん。いい、気にするな」

男の震えて恐れているような態度に満足したレ・エゴンは鼻を鳴らしながら、寛容さを見せつけるように許してみせた。

「あ、ありがとうございます……！」

男が感謝する。

レ・エゴンは裏社会でも相当な権力者となっている。

だが、彼の周りに護衛はいない。

仮に男の怒気が身体から漏れて殺意に変われば、レ・エゴンは身を守る術《すべ》がない……ことはなかった。

男の首元は襟によって隠されている。その襟の隙間から辛うじて見えるのは太いチョーカーだった。飾り付けられているため、一見すればファッションだと勘違いされる。だが、それが狙いだった。

かつて大陸に出回った非人道的な『奴隷の首輪』というマジックアイテム。

それは良くできた道具で、言葉の通じる生物をどのようにも操ることができる。

命令に不服従の者を簡単に殺すことだって可能だった。

男がつけているのはその劣化版だった。
キュイイインっと音が鳴る。
「え、ど、どうして……ぐっ……こ、これをとめ……！」
「「きゃあああ!!」」
男が泡を吹きながらレ・エゴンに助けを求める。
取り巻きの女性陣が悲鳴を上げる。
しかし、レ・エゴンだけは唯一面倒くさそうに慣れた様子で見下ろしていた。
「ちっ、誤作動したか。だから嫌いなんだ、この劣化品は」
かつて存在した『奴隷の首輪』は製造方法すら闇に葬られている。
仮に設計図が見つかったとしたら重罪となる。
しかし、裏社会を生きるレ・エゴンにとって、そんなことはどうでもいいことだった。
攫《さら》ってきた研究者を使い、模造品を作らせた。
とはいえ、やはり粗悪品だ。
『誤作動』は平気で起こる。
——男の息が絶える。
だが、それはレ・エゴンにとって見慣れた光景だった。
女性達《たち》の首にも奴隷の枷《かせ》はつけられていた。

「おい、うるさいぞ。騒ぐな」

レ・エゴンが言うと、女性陣は我慢できずに嗚咽（おえつ）を漏らしながらも、口はしっかり塞いでいた。逆らえば死ぬことを知っていたからだ。

今の彼は王様気分である。

いつ殺されるか、いつ捕まえられるか分からない。だが、それでも王様だ。だから、彼は首輪をつけた者しか近づけさせない。裏切りを警戒するためだ。

そんな彼の下に客人が訪れる。

武装した人間に守られた、見目麗しい少女だった。

「お久しぶりですね、レ・エゴン様」

「おまえはフィフ・スティルビーツ……!? ど、どうしてこの場所を知っている！」

互いに面識はあった。

深い仲ではなかったが、フィフは姫であり、レ・エゴンは亡国といえども中堅国家の宰相だった男だ。外交上、顔を知らないはずがない。そして、二人とも立場からして顔を覚えることに煩わしさを感じてはいなかった。

「あなたは有名人ですから、私が居場所を知っていても不思議はないと思いますよ」

フィフがニッコリと微笑む。

その口調は穏やかなもので、動揺しているレ・エゴンにささやかな安堵《あんど》をもたらした。

状況はなにひとつ変わっていないにもかかわらず。

それはフィフの才能と言ってもいいだろう。

「……私を捕らえに来たのか？」

「まさか。その逆です。あなたの活動を支持しにきたのです」

「私の活動を？」

レ・エゴンは裏社会を生きている。

それはウェイラ帝国とギルドによって、その残虐性と非道な行いから、政治の舞台などから隔離されているためだった。

それに逆恨みした彼はレジスタンスのような活動を行っていた。

組織ではウェイラ帝国とギルドの独裁を許さないという名目を掲げている。実は最初こそ支持する人間は多かった。

それはウェイラ帝国やギルドが巻き起こした戦乱によって、没落した無実の人々もいたためである。

だが、結果的にレ・エゴンの周りに残ったのは裏社会を生きる人間だった。人身売買や裏賭博、中毒性のある薬の売買に手を染めていれば、必然ともいえた。

もはや、レジスタンスのことなどレ・エゴンすら忘れていたことだった。

「ウェイラ帝国とギルドは人族の領土で勢力を拡大しすぎています。正直、それを見てはいられません」

フィフが言う。

ふと、レ・エゴンの心の底で得心がいった。

「ああ、そうでしたな。かつてはスティルビーツもウェイラ帝国に侵攻されたことがありましたな」

「あの時は苦々しい想《おも》いをしました」

フィフが同調したのを見て、レ・エゴンが頷《うなず》く。

彼女がウェイラ帝国に対して恨みを抱いていると思ったのだ。

「ははは、なるほど。いや、私もかの女帝やギルドの女狐《めぎつね》にはうんざりしておりましてな。戦争や専横は許しがたいものです」

そう言うレ・エゴンの本音は、かつて宰相の地位にいた時の甘い汁をもう一度啜りたいというものだった。

あるいは、それ以上を望んでいる。

今のような小さな仮初の国の王様ではなく、もっと大きな本物の国の王を。

「――しかし、思っていたものと違いました。この方は死んでいるのですか？　その女性達は？」

「ああ、これはとんだ失礼を！　この者は持病がありましてな。この女性らは給仕の者で……ほら、この者の看病をして、フィフ様にお茶と菓子を持ってこい！」

無理やり取り繕う。

だが、男の反応はなく、死んでいることは明らかだ。

また女性らの衣服もあまりにも不自然に露出が多かった。彼女らが男に触れるのを躊躇《ためら》っているのを、レ・エゴンがねめつけて〝回収〟を促した。

フィフの目には怒りがあるようだった。だが、それをレ・エゴンが見つけることはかなわなかった。仮にも一国の宰相だった男が、である。

フィフが笑顔のまま言う。

「それでしたら、打倒ウェイラ帝国とギルドの話し合いをしましょうか」

第二話　結婚

ギルド本部の目の前に転移し、俺達はギルドマスター室まで階段を上った。扉をノックすると返事がくる。

中に入るとリフがいた。

エイゲルはバツが悪そうに……とかはなく、至って普通な面持ちで相対している。

「無事に連れ帰ったようじゃの」

「ああ、具体的な話までは聞いていないが、リフの読みどおりアステアから指示が下っていたようだ」

読みが当たっていたというのに、リフはいまいち納得がいっていない様子だった。小さな首を傾《かし》げながら、リフがエイゲルを見た。

「それにしても疑問じゃの。エイゲルよ、なぜアステアの命を聞き入れたのじゃ？」

リフが閑雅な声を向ける。

ほっとするような、緊張を解《ほぐ》すような声だ。

エイゲルに敵ではないと訴えている。

それが功を奏したのか、あるいは元から警戒心など持っていなかったのか、エイゲルは平静に説明のために口を開いた。

「僕は研究ばかりの毎日なんでね。あまり情勢とか知らないんですよ。だから摂理に従う。概《おおむ》ね自然や本能が正しいことばかりでしょう？　そういう意味で僕は両親の言葉を守ってきましたし、好意を抱いているジードさんにも助けてもらった恩を返しました。なら、みんなが慕っている女神アステアに従うのも当然のことじゃないっすか？」

ふと、彼は俺とは根本的に違うタイプだと感じた。

エイゲルのような人間を示す具体的な呼び方はわからないが、言葉で表すのなら論理で生きている人間なのかもしれない。

「魔族という生き物を多く殺すことに違和感は覚えなんだか？」

「歴史を振り返れば不思議ではないと思いました。女神アステアの言葉に従って勇者だとか魔王だとかで戦争を繰り広げてきたんすから」

「かっか！　それも一理あるの！」

リフは笑顔で誤魔化しているが、こういうときの彼女の本心もだんだんと理解できてきた気がする。

辛《つら》い、と感じているのではないだろうか。

彼女も以前は勇者パーティーの一員として活動していた時がある。

その時に一人も魔族を殺さなかっただろうか。

いいや、それは絶対にない。

「なら、僕の行動は否定しないわけっすか？」

「それは違うの。これからの時代にふさわしいものではない。似たようなことがあれば全力で止めに行く。無理だと思えば牢獄《ろうごく》にでも閉じ込めよう。行き過ぎたことがあれば適正な処罰を下すことも考える」

「ジードさんも同じ意見ですか？」

不意にエイゲルが俺に聞いてきた。

質問の意図を測り、立場を明確にする。

「ああ、そうだ」

「なるほど。ジードさんが言うのならアステアの発言は捨て置いて信じましょう」

なんだ、この信頼されてる感じ。

「かかか！　良かったの。お主の人柄じゃよ！」

本当にそうなのだろうか。

まあ……そうなのかもしれない。


それから、しばらくリフがエイゲルに色々と告げていた。

アステアへの対応策など。

これからエイゲルも狙われることだろうから、と。

そして、なによりもアステアの特徴を聞いていた。

声だとか、どうやって接近してきたとか。

それから魔族への賠償などについても話し合った。

あまり穏やかではないことだけは確かだが、雰囲気は決して悪いものではない。

「それでは、今日のところはエイゲルは終わりでいいのじゃ。護衛は付けておくが、他にもなにか必要なことがあったら伝えよ」

「わかりました」

そう言ってエイゲルが部屋から退出する。

俺だけ残された理由はわかっている。

「戦争の方はどうだ？」

「うむ、ちとな……」

リフが気まずそうに指と指を突き合っている。

まるで俺との会話を避けているようだ。

「そっちにもアステアが影響していたのか？」

リフがここまで言いづらそうにしているとなると、状況は相当逼迫《ひっぱく》しているのかもしれない。

アステアにとって、エイゲルを動かすのはついで程度の策だったのだろうか。

「おそらくの。戦争は拡大しており、小規模だったのものが大規模へと発展して危険な流れになってきた。各方面から参戦するような雰囲気が出ておる」

それは予兆なのだろう。

だが、まあリフがここまで言うのなら大体は当たるものだ。

「エイゲルは助けられたし、すぐにでも参戦しよう」

「それがのお……事態はかなり最悪なのじゃ。各地でゲリラ的な戦いが発生しておる。各国の重要人物を襲撃して危機感を煽《あお》り、民間人の虐殺なんて話もささやかれておってな。ギルドとウェイラ帝国が同士討ちなんて話もあるくらいじゃ。このままではギルドも帝国も瓦解しかねない状況なのじゃが……」

……これは。

前置きだ。

なにか妙な予感がする。

リフはいつも結論から出してくれる。

とても話しやすいはずなのに。

たとえるなら、これから判決を下されるのを待っているような、そんな気分だ。

「じゃあ俺はどうしたらいいんだ？」

「とりあえず一緒に来てもらいたい。転移しても構わないか？」

リフが手を出してきた。

断る理由もないので手を取る。

転移した先は豪奢《ごうしゃ》な部屋だった。

アイテムひとつひとつに金がかかっていそうで、何よりも広い。天井は巨人族に合わせて作られたのではないかというくらいの高さだ。

その部屋には先客が二人いた。

「来たか、リフ」

「待たせたのう、ルイナ」

ルイナだ。

クエナと腹違いの姉妹だそうだが、とてもよく似ている。勝気なところとか、端整な顔をしているところとか。

座るように示されてリフの隣に座る。

「ユイから話は聞いている。そちらも実情はすでに理解していることだと思う。ウェイラ帝国とギルドの分断工作が始まっているようだ。アステアも面倒くさい小細工を使うようになってきた」

「どうにもうまく連携できていないようじゃの」

「しかし、こうなることは予想していた。事実上、人族のツートップだ。派閥意識が芽生えてしまうのは仕方ない」

「うまく突かれたものじゃ」

「相手にはアステアの息がかかったやつがいる。これくらいはしてきて当然だと言ってもいい」

ここまではリフとルイナの会話だ。

しかし、どこか俺に聞かせるような話し方をしている。

それだけスムーズというか、リフがルイナに同調し続けているのは珍しいような気がする。

あるいは事前に情報をすり合わせていたような気配さえあった。

そんな会話はさておき――……

彼女達《たち》に聞いておきたいことがあった。

「ちょっといいか？　なんか騒がしくないか？」

「ああ、私とジードの結婚式の準備だ。騒がしくもなるさ」

「へぇ、俺とルイナの結婚式か。そりゃ騒がしくもなるわな」

リフがあちゃーと顔を手で覆った。

探知魔法でこの場所がなんなのか見当はついている。

魔法妨害用のマジックアイテムがいくつもあって、俺でさえ本気でやらねばロクに探知が機能しない。

リフが直接転移できたのは許可されていたからであって、今はもうやろうと思ってもできないだろう。

以前、奪われたこともあって、より警備を強化したのだろう。

ここはウェイラ帝国の帝都の中枢も中枢、王城だ。

そこが騒がしくなるのだから、そりゃ俺とルイナの結婚式くらいでなければありえないな。

結婚式とは男女が将来を誓い合うものだ。

女帝のルイナが式を開くとなると、そりゃ準備だけでも大変な騒ぎになってしまう。しかも相手は俺なのだから。

「――――俺とルイナの結婚式!?」

「さすがに遅すぎじゃろ」

リフが指の隙間からこちらを窺《うかが》っている。

てか、だからリフあんなに言い訳がましい前置きを口にしていたのか。それはやはりルイナが進めている計画を知っていたことになる。

「ジードはギルドの看板中の看板だ。実力は大陸随一。そして私は人族最強国家ウェイラ帝国のトップ。その二人が結婚するんだ。ウェイラ帝国とギルドの繋《つな》がりはより強固なものとして認められるだろう」

「でも見方によっては俺がウェイラ帝国に引き抜かれた的な感じにもならないか？」

「それはどうじゃろうな。むしろ帝国が与《くみ》したとも考えられる。お主の力は大陸を大きく変えられるほどじゃが、立ち場も影響力もルイナの方が上だからの」

「そして帝国はギルドを公的な組織として認めよう。多様な制度の緩和や必要な援助、情報の開示も行う。その上で相互不可侵な部分については厳格な取り決めもするが、ちょうど領地や資源が増えて互助組織の拡大が急務だったしな」

リフとルイナの押しがすごい。

彼女達の間ではすでに決定した約束だったのかもしれない。

「もしも断ったらどうなるんだ……？」

恐ろしいことを聞いた、と自分でも思う。

彼女達の表情が一転して真面目なものになった。

「『アステアの徒』との戦いでは帝国とギルドの全面戦争が想定されていた。しかし、結果的にあやつらは壊滅した。それもあっさりと。それはあやつらが培ってきた土台が一度の戦いで崩れ去るほど脆弱《ぜいじゃく》だったゆえのこと。それにわらわやルイナが内部に潜んでいたことも大きい」

「けれど、今回は烏合《うごう》の衆とはいえ規模が違う。もしも帝国とギルドが仲たがいをしてみろ。今のようにゲリラ戦なんて展開されたら大陸全土で長期的な戦いになる可能性がある。そうなった時の犠牲は計り知れないだろうな」

「経済的な損失もヒドいもんじゃろうな～」

「付け入るスキを与えたら他の種族に攻め入られるかもしれん」

「そうなったらわらわ達も目前の争いで精一杯になる。アステアの思うままじゃろうな～」

「鎮圧しようとしても時だけが過ぎていき、アステアの討伐は新しい世代に持ち越されるだろう」

「次の世代にもジードのような男が現れるかの～」

「アステアに対抗できる手段は限られている。ましてや私達の寿命が尽きた後の次の『最強』がアステアに与するかもしれない」

「このままアステアの支配が続くかもしれないの～」

…………………

…………

……クエナ達になんて言おう——

◇

クゼーラ王国、王都。

一時期は騒然としていた場所だが、今は落ち着きを取り戻している。

クエナ達への言い訳を考えて街をさまよっていた俺は、その一角でウィーグを見つけた。

金色の髪をした端整な男、Aランク冒険者にしてスティルビーツ王国の第一王子だ。

そんな彼が、なにやら夕焼けを見ながら黄昏《たそがれ》ている様子だった。

「久しぶりだな、ウィーグ」

「兄貴じゃないですか！　ニュースでは度々拝見していましたが、お元気そうで何よりです！」

深刻そうな顔から一転してパーッと花が咲いたような笑顔を見せる。

無理に作られた表情は乙女ならば惚《ほ》れ惚《ぼ》れするものだろう。

「なにかあったのか？」

「はは、兄貴にはお見通しですね。……実は王位継承権で妹とごたごたがありましてね。父さんの葬式も終わったばかりなのに辛《つら》いことだらけなんですよ」

「なんだ、殺し合いでもしてるのか？」

「まさか、そこまでひどい関係ではないと思っています。それに次の王の座をフィフに渡して、俺は宮廷から離れましたから。こういうとき、世界中どこでも行ける冒険者の肩書は便利ですね」

だからクゼーラ王都にいたのか。

仮に王位を継いだのなら、スティルビーツにいるだろうしな。

俺が知っているのは冒険者としてのウィーグだ。

だからこんなところで落ち込んでいても違和感を抱かないが、第一王子が王位継承争いに負けたとなれば世間では大ニュースになっているんじゃなかろうか。

「じゃあ王位に未練があって悩んでいたのか？」

「いいえ、ぶっちゃけそんなものに興味はありません。むしろ小国スティルビーツの王様なんて大国と大国の板挟みも良いところですし、楽しいことなんてほとんどないですよ」

ウィーグは自嘲気味に口角を上げた。

「じゃあ妹さんのことか」

「正解です。フィフの豹変《ひょうへん》ぶりがひどくて。今まで隠していたのかってくらいなんです。冷たくなったというか、恐ろしくなったというか」

「元からそんな気配はなかったのか？」

「ありませんでした。けど、妹は優秀で王位継承権保持者です。宮廷は常に血みどろのきな臭い話ばかりですから、こんなことがあっても不思議ではありません」

俺にはなかなか想像できない話だ。

しかし、生まれつき王族のウィーグが言うのだから、こういうことも本当にあるのだろう。

「でも、じゃあ別に悩むことなんてないんじゃないか？　宮廷から離れたんだろう？」

「フィフが心配なんです。暴走しないかとか。あいつの教育方針は嫁がせるためのものなんです。マナーとか諸外国の教養とか。時間がある時に花とか楽器とか調理とか……」

なんだか俺とは縁遠い話を聞かされているみたいだ。教育にも方針とかあるのか。俺だったら野に放り投げる的な感じになるのだろうか。

「政治や武術関係の教育はしていないのか？」

「そういうことです。外交のための話術とか所作、考え方なら多少は教わったでしょう。でもそれくらいです」

「なるほどな。なら宰相とか将軍とかに裏から操られそうだな」

脳裏に浮かんだ安直な感想を漏らす。

ウィーグは過去を思い出すように空を見上げた。

「それもなんだか違くて……彼らはなにかフィフに恐れを抱いているようなんです」

「おいおい、すごいな。今まで猫を被《かぶ》っていただけでルイナみたいな器なんじゃないのか？」

「たはは、あんな恐ろしい女帝になるなんて思いたくもないですね」

ウィーグがわざとらしく怯《おび》えたように自分の身体《からだ》を抱える。

かなり苦笑いしているところを見ると本気で嫌がっているようだ。

ああ、恐ろしいよな。

俺が一番恐ろしいと感じてるよ……

「でも、そんなに心配ならウィーグが見てやればいいじゃないか」

「急な話だったから宮廷内でも反発があって、俺を担ごうって勢力が騒ぐので簡単に近づけないんですよ」

火種になりかねないということか。

ただの家族として心配しているのに、随分と遠回りな話だな。

「見守ってやるしかできなさそうだな」

「そうっすね。それこそ、さっさと他国の姫なり民間人なりと結婚して宮廷とは関係ありませーんってしたいんですけどね」

ウィーグが俺を見てニッコリと微笑《ほほえ》んだ。

「結婚か……」

そのフレーズを聞いて思わず胸を摑《つか》む。

「どうかしましたか?」

「ああ、いや、俺も悩みがあってさ」

「俺でよければ聞きますよ」

「実はルイナと結婚することになってな」

ウィーグがギョッとした顔で俺を見る。

やめてくれ、気持ちはわかるんだ。

「……それはあのウェイラ帝国の女帝と同じ名前の方ですか？」

確認するように問いかけてくる。

ちょっと信じられないのだろう。

わかる、気持ちはわかる。

けれど、残念ながら首を縦に振ることはできない。

「いいや、あのウェイラ帝国の女帝だ」

「幾度となく大陸中に戦争を吹っかけているあの女帝ですか？」

「大陸の支配を目論《もくろ》んでいそうな、あの女帝だ」

「スティルビーツにも侵攻してきたあの女帝ですか？」

「うん、そういえばそうだったな」

あの時にキスされたんだったか。

思い返せばファーストキスはルイナだったな。

もう感覚としては覚えていない。

そもそも唐突なことで何が起こったのかもわかっていなかったのが実際なんだけどさ。

「……大変ですね、兄貴も」

心の底からって感じでウィーグが言う。

一応、俺の結婚相手なのだから、大変って言葉はおかしいのではないだろうか。いや、彼なりに同情してくれているのも事実だ。それでもおかしいのではないだろうか。とはいえ否定ができないのも事実か。

ウィーグの立場から考えてみると、俺は悪魔と結婚するようなものなのかもしれない。

「でも実感なくてさ。家族とかよく分からないし、何より俺でいいのか。俺自身、俺のことがよくわかっていないのに」

もうひとりの自分。

あいつがいたまま結婚なんてしていいのだろうか。

どちらが本当の俺なのかもわからないのに。

「うーん……結婚が本意じゃないのなら、もう少しだけ時間を置いてもいいんじゃないですか？」

「簡単に断れるならいいんだが、そうもいかなくてな」

「兄貴が言うならよっぽどの事情なんでしょうが、なかなかムズかしい問題ですね」

ウィーグが腕を組んで首を捻《ひね》る。
なんとか俺のために言葉を出そうとしてくれているのが見て取れる。
不意に、
「──しっ」
ウィーグに目くばせをする。
ここはクゼーラ王都。
人通りは決して少なくない。
なのに俺とウィーグ以外の気配がなくなった。
こういう時は往々にして本能的な部分で人が通るのを避けている。
あるいは誰かしらが意図的に人が通らないようにしている。
どちらであれ、この状況をつくれる者は相当に腕が立つ。
つまり──
「出て来いよ、だれだ」
俺が言うと三つの気配が離れていく。
（逃げたか）
だが、ここは俺の活動拠点だ。
全ての場所を見てきて、覚えている。

イメージするのは容易《たやす》い。

「転移」

三回繰り返す。

反撃はあった。

たしかな実力者だが、三人とも行動不能にしてみせた。

抵抗する意思を見せなくなったのを確認して、裏路地で寝転がらせる。

ウィーグも察して俺のところにまで来た。

「どういうことですか、こいつらいつの間に……」

「俺も探知魔法と見慣れた街に違和感がなければ気がつかなかったよ。相当な手練《てだ》れだ」

それこそ野生の魔物よりも気配を殺すのがうまい。

俺もユイやシーラで慣らしていなければ危なかったかもしれないな。

「さすがは高名なジードだ……自死の魔法すら行使できないとは」

「おまえ達《たち》はだれだ？　暗殺者なのは確定だけど」

俺の問いに代表格らしき人物が口を閉ざす。

答える気はなさそうだ。

ウィーグが原因を突き止めるように確認してくる。

「ジードの兄貴、女帝ルイナと結婚する話はどこまで伝わっていますか？」

「まだ内々の話だったな。急いで方々に伝えるとは言っていたけど」

「なら狙いは兄貴じゃなくて……俺の可能性も……？」

自分で自分の考えに驚いた様子だ。

さっきまで話していたことだっただけに、俺もすこし意外に感じた。

「宮廷内で争いはないんだろ？」

「そのはずですが、こんなやつらに狙われるなんてそれ以外ないと……」

「話し合っているところ悪いが、さっさと殺してくれないかね。逃げられないのはわかっている」

「投げやりだな。乗り気じゃなかったのか？」

「さぁな」

そっぽを向かれた。

男がやっても可愛《かわい》くはないな……

「前にもおまえらみたいなのに狙われたことがあった。別の事情だったけど、そいつらは結局情報を吐かなかったよ。だからまあ話を聞くのは諦める。殺人未遂ってことで捕まってくれ」

待てよ、立証難しいのか？

転移で近づいた俺に反撃してきただけだからな。

……そういうのは後で良いか。

「……はは、こんな状況ですごい余裕じゃないか。そもそも勝てるわけがなかったな」

「最初から諦めていたのか？」

「当たり前だ。標的の一人におまえがいると聞いていたんだ。家族がいるから任務はこなさないといけないが……死ぬつもりだったさ」

捕獲されて観念しているわけではない。

本当に最初から見切りをつけていた口調だ。

不意にウィーグが反応する。

「標的の一人？」

ひとつの言葉が引っかかったようだ。

たしかにそれは疑念の残る言い方だった。

暗殺者は目を閉じて、徐《おもむろ》に口を開く。

「狙いは二人ともだ。それだけは言っておこう」

生かされると知って恩義でも感じたのか、自らの失言を戒めるためなのか。その一言には様々な感情が入り混じっていた。

「一体どういう……」

ウィーグが俺の方を見た。

残念ながら俺にも心当たりはないので頭を振る。

追求しようにも暗殺者らは目を閉ざした。

これ以上喋《しゃべ》ると家族に危険が及ぶと考えているのだろう。

それなら、これ以上は不毛だろうな。

「ウィーグ、こいつらを騎士団に送るの任せてもいいか。魔力で縛ってるからしばらく動けない。いずれ解けるから自死の魔法に気をつけるよう言っておいてくれ」

「わかりました。ジードの兄貴はどうするんですか？」

「俺は……報告があるからさ」

「ああ、リフさんとかですか。暗殺されかけましたもんね」

「いや、結婚の方だ」

「あっ……がんばってください」

なんだよ。

なんだよ「あっ……」って……

俺だって……

俺だってわかってるんだよ……

◇

結局、どうしようか悩んでいるうちにクエナ家に辿《たど》り着いた。

何周もぐるぐると回っていると買い物を終えたシーラと合流してしまったのだ。

どういう会話をしたのかも覚えていない。

挙動不審すぎてシーラに心配されたことだけは記憶にあった。

「おかえり」

「た、たた、ただいま」

家に帰るとクエナが出迎えてくれた。

ネリムが床でストレッチをしている。

ソファーに座る。

柔らかい。

居心地が良いはずなのだが汗が止まらない。

気まずい。

ちらりとシーラが顔を覗《のぞ》いてくる。

「ジード？　どうしたの？」

「ど、どどど、どうも？　してないヨ？」

「きっも！　なによ、あんた」

ネリムが嫌悪感満載の顔で吐き捨てる。

今はそれくらいの反応の方が落ち着くのはどうしてだろう。

きっとそれだけ生きた心地がしないのだろう。

死の淵《ふち》から生存の命綱を手繰り寄せるのがこれだけ難しいとは思わなかった。

「ん、冒険者カードが鳴った！　なんだろ、私は特に重要なニュースしか通知をオンにしてないのに…………ジードとルイナが結婚？」

…………やばい。

「あのバカ、また勝手なことをしたのね。とりあえず巻き込めば後からジードが付いてくるとでも思ったのかしら」

シーラが言い、クエナが腰に手を当てる。シーラが「なるほど！」と手を合わせた。

すごい。

汗がすごい。

ぽたりぽたりと地面に汗が滴っている。

とても寒いのに汗が止まらない。

Sランクの魔物に睨《にら》まれても汗なんて出ないのに。

「どうやらバカはあんたの姉だけじゃないみたいね」

「「え？」」

ネリムの言葉にクエナとシーラの声が被《かぶ》る。

それから一斉に俺の方を見た。

ああ、もうダメだ。

説明する言葉が浮かばない。

こうなったら秘技を使うしかない。

「すみません！！！」

土下座。

これが最高の謝る手段だ。

「……とりあえず事情説明してみて？」

クエナが俺の肩に手を置いて、そんなことを言う。

にっこりと微笑《ほほえ》んでいるが、目は笑っていなかった。

◇

クエナ達に事情を説明した。

アステアの件、戦争の件などだ。

「納得できかねるわね……」

「いや、アステアへの対策はわかる。理解できる。ただルイナは納得できかねる。いや、ルイナとジードじゃないといけないのはわかる。他の木っ端なら意味ない。でもルイナはわからない」

「だ、だよな……」

クエナがブツブツと呟《つぶや》きながら腕を組み天井を仰ぐ。

まぁ、そういう反応をするとは思っていた。

シーラの方は戸惑い気味だが、

「でも、ちょうど結婚したらウェイラ帝国に行くって話してたよね？」

「あっちは一夫多妻制だからな」

「お家どうしよって話してたし、お城とか凄《すご》くない!?　ちょうどいいと思う！」

「どこがいいのよ、あんなもの……」

クエナは住んだことがあるからか、やや冷ややかな態度だった。

いや、ルイナがいるからだろうか。

それとも単純に機嫌が悪い可能性もある。

というか全部かもしれない。

ああ、もう……

委縮のあまり思考がまとまらない。

今ならスライムやゴブリンにも負ける気がする。

とりあえず正直な気持ちを伝える。

「あのだな、クエナやシーラがイヤなら断りたいと思っている」

「私は別に気にしてないよ！」

シーラがサムズアップしてはにかむ。

隣にいるネリムが冷ややかな目を向ける。

「なんでよ。あんたはクゼーラ出身だから一夫一妻の方が価値観に合ってるでしょ」

「だってジードが好きなんだもん！」

シーラが嬉《うれ》しいことを言ってくれる。

とはいえ、やはりクエナは複雑な顔だ。

こちらは俺が他の女性と結婚することよりも、その相手がルイナであることに不服な様子だ。

「もうちょっと考えさせて……」

不意にクエナが寝室にこもる。

シーラと一瞬だけ顔を見合わせる。

「私は夕ご飯作ってくるね！」

「あ、ああ、たのむ」

シーラはクエナが克服すると信じているのだろうか。

なんだかんだシーラの方がクエナとの付き合いは長い。同じパーティーになって一緒に行動しているからだ。

しかし、うーん……

「はぁ……」

とりあえずお風呂に入ろう。

◇

ちゃぷんっと温かい湯船の音が鳴る。

湯気がゆらゆらと立ちのぼっている。

水を出し、温めてお湯にする。

かなり高価なマジックアイテムだが別に上流階級だけが使っているというわけではなく、銀貨十枚程度と魔力補充などのメンテナンス費用を払えば買える。

必需品だと思えば安いものだろう。

特に冒険者は汗をかきやすく、泥をかぶることも多い仕事だ。

ギルド直営の店舗で買えば冒険者割引で安く購入できる。そういえば、この特典を得るためだけに冒険者になる人がいるとかいないとか……

（それでも利益を出しているんだからすごいよな）

ギルドカードを普及するためにやっているのだろうか。

あれは情報源にもなりうるから、ギルドに都合が良い情報を流しやすい。であればアステアの影響を情報を操作することでより軽減できるともいえる。

風呂場ではあまり考えなかったようなことも考えてしまう。

俺にしては珍しく、そんな物事の仕組みや裏側的なことを考えた。

ふと、

「ちょっといい？」

ネリムが扉の外から声をかけてきた。

見られているわけでもないのに少しだけ慌ててしまう。

「ど、どうした？」

「いや、結婚について考えているかなって思ってさ。ため息とかついてたから」

「ああ……ネリムはキモいと思うよな」

「そんなことないわよ。戦争を止められるのなら、アステアの討伐で大事なら、私は必要なことだと思う。ジードにはそれだけの甲斐性《かいしょう》があるしね」

意外なところから援護がきた。

クエナやシーラと仲良くしていると、女性の敵とばかりに嫌悪感を見せてくるから、てっきり嫌われているのかと思った。

「ネリム……」

「うげ、誤解しないで。あんたはマジでキモいから。私までロックオンするのは本当に許さないから」

ロックオンて……

人のことをなんだと思っているのだろうか。

「ありがとう。そう言ってもらえると気が楽になるよ」

「は？　罵倒されるのが？」

「違うって！　結婚のほうだよ。意味があるって言ってもらえるだけで助かる」

パシャパシャとお湯を顔にかける。

ネリムが必要と判断したのなら、本当にこの結婚は大事なことなんだろう。それが聞けただけでも十分だ。

「もしかしてだけど結婚するの、いやなの？」

「どうしてだ？」

「いや、あんたは乗り気じゃないみたいだから」

控えめな聞き方をしてくる。

普段のネリムは無遠慮なので滅多にないことだ。

それだけ結婚という儀式が重要な話だからだろう。

しかも、今回は誓い以上の意味がある。

「そうじゃないさ。ルイナは美人だしな。やり手って感じでかっこいいとも思う」

「なんか欲を出されると聞いててキツいからやめて」

「俺はおまえの沸点がわからなくて怖い」

「いいから続けて」

ここまでマイペースだと逆に気が楽だな。

「乗り気じゃないように見えるのは……俺が結婚したいとずっと思っていたのがクエナとシーラだからだろうな。言った通り、あいつらがいやなら俺は断ろうと思っている」

「世界が混乱に陥っても？　アステアの好きにされても？」

「まあな」

本音はいやに決まっている。

俺の中の優先順位ではクエナやシーラのほうが高い。世界は二の次だ。

「変なところで男気があるというか。まあその結論なら悪くないんじゃないの」

「ネリムからお墨付きをもらえるなら嬉しいかぎりだよ」

「そこまで信用されても困るっての」

「でも不安もあるんだよ。仮にクエナ達《たち》と結婚するとしてもさ。今の関係のままがいいって思ってる」

「それは無責任的な意味で？」

言い方が殺生すぎる。

ネリムの心の底にある俺への評価や感情がよくわかる。

「ある意味ではそうだな。話は聞いてるだろ、俺のもうひとつの人格についてさ」

「ええ、警戒してる」

ネリムの声音がやや低まる。

彼女は疑いようのない猛者……というか、人族に限れば俺に次ぐ実力者だろう。

歴代最強の【剣聖】の名は伊達《だて》ではない。

俺の見立てではフューリー支配下の魔族や獣人族の王にさえ剣が届く存在だ。

その彼女が「警戒している」だ。「知っている」ではない。

神都を滅ぼしたということ、なによりも……俺以上の実力を持っていること、これは決して警戒を怠ってはいけない、忘れてはいけないことだと改めて確認できる。

「正直言ってどっちが本当の俺かわからないんだ。『禁忌《きんき》の森底《しんてい》』で生み出されたのが、俺なのか、あいつなのか」

「なによ、それ」

「人間は無限に欲を生み出す。その欲は生きる原動力になるが、俺はあいつの欲には勝てない。神都には多くの人間がいたことを把握していないわけじゃないだろ。それなのに自分勝手に、おもちゃ遊びのように滅ぼしたんだ」

「だから女を囲ってるあんたよりも欲があるって？」

やっぱり言い方に棘《とげ》があるな……

普段からこんな感じなんだろうか。

人付き合いとか大丈夫なのかな。

俺ちょっと心配になってきた。

「それだけじゃない。実力だってあいつの方が上だろ。それってこの身体《からだ》を俺より上手《うま》く扱ってるってことだ」

「ふーん……」

「いつ奪われるかわからない。そうなった時、俺はクエナやシーラを守れるのかな」

「あんたさ――彼女達のこと舐《な》めてない？　シーラはAランクでも上位の実力だし、クエナに至っては『アステアの徒』の一件で無事にSランクになった。ただ人材増強の波に乗っただけじゃない。そもそも実力があった。彼女達なら自分の身くらい守れるわよ」

「……」

「それに女帝ルイナね。あいつならもうひとりのあんたも乗りこなすわよ」

「はは、それはちょっと想像できた」

思わず口角が上がる。

ボールを投げて「とってこーい」って言っているルイナとか全然ありそうだな。

「私さ、ずっと考えていることがあるの。多分リフもそう」

「二人の共通点って、勇者パーティーか？」

「正解。もっと詳しく言うのなら『裏切り者』についてよ。私は信じていたいの。きっとリフも信じていた。最終的に命を狙われていたとしても。私なんて裏切り者の彼女に憧れを抱いてすらいた。だから、なんで裏切ったのかなって。そんなことをするやつじゃないのに。洗脳なんてされていないはずなのに」

「家族を人質に取られていたとか……？」

「そうね。そうだったら、わかりやすいけど。勇者パーティーの裏切り者は必ず同じ行動をする。それは魔族領に侵攻すること。家族を置いてけぼりにするの。自分が一番守るべき大事な人達を……」

「許せないな」

アステアはそれだけのことを平気でする。

決して『アステアの徒』が独断でしてきたことではない。彼らの上にいる立場なのだから、そんなこときっとわかっているはずだ。

「そうね。だからって同情なんてしないけど。それでも同じ立場だったらって考えると、きっと身が引き裂かれるような思いだったと思う。そんな時、今までと違う生き方を強いられた時、人はどうするのかなとも考えた。きっと他の人格になるんじゃないかな」

「二重人格ってことか？」

「バカね、比喩よ」

「ん……なるほど？」

難しい話でよくわからなかった。

もちろん、ここで有耶無耶《うやむや》にした方が話の流れはスッキリするだろう。

けれど、ここで止められるほど軽い話ではない。

それを察してくれたのか、ネリムが少しだけ悩むような間をあけた。

「押しつけってあるよね。良いとか悪いとか。上手いとか下手とか。人ってそんな言葉で簡単に変われると思うの」

「裏切ったやつらも違う生き方をいきなり強いられたから、急変したように見えたのか」

「そ。それって、あんたと似たようなことだと思う。あんたのようにハッキリとはしないだろうけど、他の人格にならないとやっていけないはずよ」

「なるほどな……」

きっと、ネリムはそう信じていたいのだろう。

裏切った人間を、自分を殺そうとしたやつを、それでも理解不能の裏切り者ではなく、人として扱っていたいのだ。友達として、仲間として、信じていたいのだ。

そして、それは奇《く》しくも俺と同じだった。

俺も心の隅でもうひとりの自分を信じていたかった。

「だから、あなたが恐れているもうひとりのジードってのは、やっぱりあなただと思う」

「でも、やっぱり怖いな。もしかすると俺自身がもうひとりの俺に感化されるかもしれないってことだろ?」

「それもそうね。でも、あんたの気持ちをわかってくれると思うって言ってるの。結局は同じ人間なんだから。あんたがブレなければ問題なし」

「……それでも不安だよ」

「なによ、あんたは今までどんな人生を送ってきたの。こんなことでくよくよしない。今回もきっと大丈夫よ。だって、あんたはあのジードでしょ。それにもうシーラ達に色々しちゃってるでしょ。それなのに責任取らないなんて不自然よ」

責任か。

話は変わってしまうが……

「結婚はもっと距離感が近くなる気がするんだ」

それでクエナ達の未来の選択肢を狭めてしまうのは……考えすぎではないだろう。

だが、そんな俺の考えをネリムは否定する。

「バカね。もっと相手の気持ちを理解しなさいよ」

それは咎《とが》めるような、優しくするような、そんな感じの言い方だった。

「なんか乙女みたいだな」

「……やめて」

「今のはワザと言ってみた。普段のお返し」

ふんっと鼻を鳴らした声がして、ネリムが扉から離れていった。

怒っただろうか。

あるいは俺の気持ちが紛れたとわかったのだろうか。

◇

フィフとレ・エゴンはマジックアイテムで通話していた。

互いの顔は見えないが、水晶の画面に映る水面のような声の波長が、たしかに会話していることを示していた。

「兄に暗殺者を放ったと報告が入りました。本当ですか？」

「どこの情報ですかな」

「それに答えて欲しければ、まずこちらの問いに答えてください」

フィフが眉間に不機嫌そうなしわをつくる。

「我々のためです、フィフ様」

「おかしな話ですね。ウィーグは継承権を放棄しました。ここで手を出したら、お兄様は危険を感じて私に牙を剝《む》いてくるかもしれません」

フィフは堪《こら》えきれずに怒りを声音にのせた。

それを感じ取ったレ・エゴンは、

「計画の柔軟な変更も必要です。ウィーグはウェイラ帝国での結婚式に招待されたそうです。実力者であると、未《いま》だに影響力があると女帝ルイナによって認められたのですよ。間違いなく、危険因子です」

フィフの苛立《いらだ》ちは計画通りに進めないことへのものだと解釈した。

だが、実際は違った。

フィフには冷徹な仮面を被《かぶ》る勇気はあっても、心の底から実の兄であるウィーグを嫌うような、命を奪うような真似《まね》はできなかった。しかし、たった一度の出会いだけで、レ・エゴンが人情を理解できない人間だとわかってもいた。

フィフは奥歯を嚙《か》みしめながら、怒りを堪える。幸いにしてマジックアイテムを通しての会話なので、そのわずかな感情の動きはレ・エゴンに伝わることはない。

「わかっていますか。我々の決戦は近いのです。些事《さじ》にはこだわらないでください」

「私は些事とは思えませんな」

フィフの言葉を一蹴する。

レ・エゴンはレジスタンスとしての活動を再開してから十分な活躍を見せていた。その背後にフィフの協力があったからだが、なまじ自分の指示で積み上げられていく実績が目覚ましいため、有頂天になっていた。

「こちらの指示に従って頂けないということですか？」

だが、フィフが圧を向けるとたじろいでしまう。そこが、レ・エゴンの器の底なのかもしれない。

器の違いに気づいて、レ・エゴンは不満そうにいじける。

「……私とあなたは表立っては繋《つな》がっていません」

「脅すつもりですか？」

スティルビーツはウェイラ帝国やギルドと協力関係という立場にある。実情は神聖共和国の側に近い。

なんにせよ、現在の大陸の体制を揺るがすようなレジスタンスを支援しているとなるとタダでは済まないだろう。

「いいえ。ただ、あなたが私に指示する権利はありません」

（指示しなければ犯罪組織のリーダーとしていずれ相応の罰を下されていた程度の人間がなにを言うのか……）

レ・エゴンには裏社会での力こそあったが、それを一生維持するだけの才覚はないという認識だった。実際にフィフがいなければ、組織は早晩瓦解していただろう。

フィフが黙ったことで言い負かしたと勘違いし、レ・エゴンは調子の良さそうにわかりやすく声を上げた。

「ですが、フィフ様とは共通の理念を抱いています。必要な協力は惜しみませんので、このまま計画通りに進めましょう」

そう言って、レ・エゴンは一方的に通話を切った。

フィフからため息が漏れる。

（違法行為は極力止《や》めさせているけど、裏ではまだやっていると聞いている。ウェイラ帝国の監視の目をかいくぐるためなのに……これはいずれ潰されるわね。計画実行の日が近いから切り捨てることもできないけど……どうしたものかしら）

不意に執務室の一角から淡い光が放たれる。

「これは、アステア様」

光はなにかに妨害されているように微弱な波を打っている。

「またリフの邪魔が入っているようで、お声があまり聞こえず……はい。計画は順調です。

以前にアステア様から教授いただいた『技術』を活用する予定です。ええ、ジード様には私の方から連絡をとります。私にも結婚式の招待が来ていますから」

ふと、フィフの胸元が光ったような気がした。

だが、それも一瞬のこと。波打つ光が衣服に反射しただけだと受け取り、再びアステアの言葉に耳を傾ける。

「はい、ご安心ください。必ずや成功させてみせます」

フィフが光に向かってしかと頷《うなず》いた。

◇

その聖堂はアステアの石像が飾られた場所だ。

そこに祈りを捧《ささ》げている人物がいる。ソリア・エイデンだ。隣にはもうひとつの影があった。

「もはや形骸化したものに祈ってどうする？」

ルイナ・ウェイラ。

現在人族で群を抜いている国家の頂点が、皮肉そうな笑みを湛《たた》えながら声をかけた。

「何かしらの危険があるからと、石像に魔力を吸われることも防がれるようになりました。

リフ様の技術はさすがですね」

「そうやって祈って魔力を吸われるかどうか確認するために祈っているのか？」

「それもありますが、癖でしょうね。生活習慣はなかなか変えられなくて」

ソリアが合わせていた両手を離す。祈りを捧げることはなくなった。そもそも、祈りの文言すら彼女はもう唱えていないのだが。

「まあいいさ。アステアの脅威を知っている者は数が限られている。おまえはそうやって敬虔《けいけん》な信者として民衆の支持を得るがいい」

ソリアの目的は自らの偶像化ではない。

だが、ルイナのような利己主義の人間の目にはどうしてもそのようなフィルターがかかってしまう。

ソリアは不満そうだったが、否定する気力を想像すると、ルイナに対して信心を説くような気持ちにもなれなかった。

「それで、今日は結婚についてのお話ですか？」

その言葉に反応したのは、やや離れた場所で待機している美女。それは艶やかな茶色いポニーテールを揺らした、剣聖と名高いフィルだった。

ソリアの護衛は今日も付き従っている。

その隣にはルイナの護衛としてユイがいた。

「ああ、結婚のことはもう知っているようだな」

「当たり前です。あなたがメディアに仕掛けた以上の反応になっていて、もはや知らない人の方が稀《まれ》です。……それで、招待状を自ら届けに来たんですか？」

ソリアの額に血管が浅く浮かび上がる。

温和な彼女にしては珍しい反応で、ルイナが面白そうに頬を緩めた。

「仮にそうだとしたら、どうしたというんだ？」

結論を急ぐことなく、ルイナがあえて挑発する。

ソリアはわかっていながら怒りを抑えられない。

「いいえ、随分と丁寧だと思いまして。特に今はお忙しい身の上だと想像していましたから」

「安心しろ。話は聞いている。おまえもジードとの将来について考えているそうじゃないか。どうだ、第二夫人で手を打たないか？」

「……ふざけているんですか？」

「おいおい、欲張るな。私はウェイラ帝国の支配者だ。おまえが実質的に神聖共和国を手中に収めていたとしても、力の差は変わらないだろう」

かつてはスフィがソリアと拮抗《きっこう》するか、それ以上の発言権を持っていた。だが、そのスフィは『アステアの徒』に関する失態によって名声も地位もソリアの下となっている。

神聖共和国で大きな発言力を持っている者は何人もいるが、その中でもソリアの一声は、神聖共和国と連帯している国々や組織を動かすには十分なものだった。

真・アステア教団もそのうちのひとつだ。

だが、神都の消滅に伴い、神聖共和国自体の力は列強国の一群になんとか留《とど》まっているような状況だった。

（……と、いうのがルイナ様の見立てですよね）

ソリアが諦めたような嘆息をして、ルイナに向き合う。

「私はあなたに怒っているんです」

「ほう、なにが言いたい」

「わかっているでしょう。どさくさに紛れて既成事実を作ろうとしていますよね。この結婚にジードさんの意思はあるんですか？」

「ないわけがない」

あっさりと断言する。

事実としてアステアに対抗するための結婚だが、ジードを取り込みたいというルイナの考えが透けて見えるようで、ソリアは不服そうだった。

「では、クエナさんやシーラさんはどう思っているのですか！」

「むろん、私も彼女らが納得するように頑張るさ。だが、最終的に彼女らの受け取り方次第なのは変わらない」

「それはそうですけど、第二夫人とやらで私を釣って周囲を固めようというんですよね」

ルイナとソリアがジードの周囲を固めることになれば、クエナ達《たち》は焦らざるをえないだろう。結婚を白紙にするのは容易ではないと悟らせたところでなにかしらの甘い汁を用意すれば、ルイナとジードの結婚を彼女達が認めざるをえないようにできる。そういうシチュエーションを作り上げられるのがルイナという人物だとソリアは知っていた。

「では、第二夫人の座はいらないのか？」

「そうは言ってません！」

(（そこは否定するのか）)

ルイナとフィルの波長が合わさった。

ユイは聖堂に入ってきた蝶《ちょう》を眺めている。

「安心しろ。私がジードを想《おも》っている気持ちに偽りはない。結婚などという重大な契りを結ぶのだから、それを違えれば今後の人生を左右するほどの悪い影響が出るだろう」

「正直、私があなたを信用するのは難しいです。何度となく衝突をしてきましたし」

ソリアがルイナから目を逸《そ》らす。それがソリアの心情の表れだった。だが、それを理解してもルイナは飄々《ひょうひょう》としていた。

「今回に関しては信用してもらいたいものだ。結婚を見届ける司祭を頼もうという人に嘘《うそ》を吐《つ》きはしない」

「……し、司祭？」

ソリアが上ずった声を出す。

驚きのあまりルイナを見直したほどだ。

「ああ、そうだ。言い忘れていたな。ここに来た目的はおまえに結婚の司祭を依頼したかったんだ。いやはや、私としたことが色々と手配をしていたが、肝心の誓いを見届けてくれる人物を忘れていてな。なに、真・アステア教の筆頭司祭兼大司祭のソリアならば適任も適任だろう」

ソリアのなかに様々な感情が入り乱れる。

だが、大部分を占めたのは怒りだった。

「むむむぅ」

「おまえにとっては屈辱だろうとも。なにせ、愛する男を先んじて取られた上に祝福せねばならないのだからな。しかし、この結婚が持つ意味は世界にとって大きい。大役を任せられるのがおまえ以外にいないのも事実だ。引き受けてくれないだろうか」

ルイナが真摯にソリアの目を見つめる。

それはソリアが何度となく、ルイナとの対談の場で見てきた眼差《まなざ》しだった。

政治や宗教、時に戦争でやり合ってきたソリアだからわかった。それはルイナが本気の時にしか見せないものだ。

嘘ではなく、偽りでもなく、嘯《うそぶ》いているわけでもない。

ソリアは力んでいた身体《からだ》の力を緩めた。

「はぁ、わかりましたよ……。——ただし！　キスの時間は短くしてください！　私が使える魔法は回復だけではないと身をもって学びたくなければ！」

ソリアが先制して忠告するようにルイナを指さした。少々マナー違反だが、どこかで認め合っている関係性だからこそできることでもあった。

「それは恐ろしいな。覚えておくよ」

ルイナが踵《きびす》を返す。

「もう行かれるのですか？」

「あいにく忙しいからな」

その背にユイが付いていく。


二人残され、フィルがソリアの傍《そば》による。

「よろしかったのですか」

「仕方ありません。司祭を引き受けたのはジードさんのためです」

「いえ、第一夫人の件です。私はソリア様こそ相応《ふさわ》しいものと考えています」

フィルの目は真剣そのものだった。恋について語っているのではなく、力関係について真摯な意見を述べている。

ジードの実力は大陸を揺るがす。

それは誰の目にも明らかだ。

そして帝王になった彼に自由に意見を述べられるとすれば第一夫人だろう。

下位の夫人にそれだけの弁《わきま》えがなければ宮廷という狭い世界の安定は保たれない。

フィルが危惧しているのはその点だった。

神聖共和国や真・アステア教を主体とした国家群はウェイラ帝国の下位になってしまう。

これは由々《ゆゆ》しき事態だろう。

フィルはそこまで考えて話している。

当然、ソリアも考えていた。

けれど、そこをわかっていて茶化すような笑みを浮かべた。

「そして、第二夫人はフィルですね」

「わ、私はそんな……！」

思いがけない矛先に、フィルが顔を赤らめる。

ソリアは満足げに微笑《ほほえ》みながら、一転して真剣な面持ちになる。

「ふふ。予定を変更しなければいけませんね。ウェイラ帝国に向かわなければ」

ソリアは誰が夫人として優先されるのか、そこを重要視していなかった。

ジードならば分け隔てなく話してくれる確信があった。

そんなソリアの眼差しを見て、フィルは頷《うなず》く。

「そうですね。他の者にも伝えておきます。幸いにも最近の大陸は珍しく平和ですから」

「あれほど荒れていたのに。これもルイナ様やリフ様のおかげでしょうか」

『アステアの徒』の一件以降、大陸が吸い上げる血は減っていた。人々を救おうと懸命に働きかけている彼女らだから、その事実は肌で感じ取っている。

「ソリア様のたゆまぬ献身によって、です」

「ありがとう。でも、フィルは残っていてくださいね。暴れられても困るから」

「な！　あ、暴れませんよ！　私をなんだと思っているんですか！」

「私は女帝ルイナにジードさんを奪われるところを見て、我慢できる気がしませんもの」

「場合によってはお供しますよ」

フィルが悪役顔でそそのかす。

そんな気がないことは百も承知だが、ソリアの信者であるフィルはなにがあろうとも付き従う決意をしていた。

「もう、ダメじゃないですか。どちらにせよ、フィルは居残りです。今が嵐の前の静けさでないとも限りませんから」

「……かしこまりました」

この平和がずっと続ければ良いのに、ソリアはそんな風に考える。

◇

日は過ぎていき、結婚式の前夜となった。

ジード達は王城に待機している。ジードは主役として、クエナ、シーラ、ネリムは招待客として。

ジードは打ち合わせで忙しくしている。

そんな中でクエナとシーラはルイナから呼び出しを受けていた。

「やあ、元気そうだな」

ルイナが軽く手を上げてクエナ達を迎える。

その部屋には意匠の凝らされたものが沢山あったが、中でも目を惹《ひ》いたのは衣装だった。

明日、着るであろう衣装が大事そうに用意されている。

それはいわゆるウェディングドレスで、クエナは片方の眉を下げるなど、顰蹙《ひんしゅく》を買っているようだった。

「なによ？」

クエナが端的に尋ねる。

「なんだ、私のことを嫌っているのか？」

「当たり前でしょ。今回の結婚も納得しかねてる。あんたはどうせジードの力が目当てなんでしょ」

「否定しない。それが私のタイプだからな」

「ならジードより強い人が現れたら？」

意地悪なようで当然の問いかけだった。

「はは、捨てるとでも思っているのか？　そこまで尻軽ではないな」

「信じられないわね」

クエナが断じてみせた。

さすがのルイナもやや不機嫌そうな顔だ。

「おいおい、約束は守るぞ？　私の外聞にも関わってくるからな」

「あんたの外聞なんて地に落ちてるでしょ」

「あらためて言われると傷つくな」

「なによりタイプとか言ってるけど、本当にジードのことが好きなのかも疑わしいわね。だってそうでしょ、口八丁でジードを手に入れられるのなら、あんたにとっては安いもの」

「そう言うと思ったよ」

ルイナが縦長のマジックアイテムを取り出した。

そこには何やら温度計のような目盛りがある。

「わあ、なにこれ！」

シーラは興味津々に見ている。

クエナは怪訝《けげん》な顔だ。

「これは仮称、『感情メーター』だ。まだ試作段階だが面白いぞ。使い方は簡単だ。好きなものを思い浮かべながら魔力を注ぐんだ。そうしたらどれくらい好きか判断してもらえる」

「なにそれ！　すごー！」

シーラは純粋に感心していた。

反対にクエナは訳のわからないマジックアイテムに不審げだ。

「試してみるといい。私だと深紅の宝石がこれくらいだな」

ルイナが目を閉じてイメージし、手を乗せる。

すると本当にメーターが半分くらいまで上昇した。

ルイナが手を離すと最低まで下降する。

なんらかのギミックで動いていることはたしかだった。

「あんたが深紅の宝石にどれくらいの感情を抱いているのかわからないわよ」

「宝石の中では一番好きだ。が、まあそうだな、目安は『かなり好き』がこれくらいだ。まあ言葉では難しいから試してみるといい」

「……まあいいわ、乗ってあげようじゃないの」

クエナが目を閉じて何かしらイメージし、手を乗せる。

メーターは三分の一くらいを指し示してから止まった。

クエナが目を開いて確認すると、やや衝撃を受けた様子だった。それだけ好きだったのだろう。

「はは、意外と上がらないだろう。クエナはなにを想像したんだ？」

「……べつにいいでしょ」

「参考にする程度だよ。言ってみろ」

「言うわけないでしょ！」

三分の一程度だとしても、ルイナには好きなものすら知られたくない。そんな心理が働いたのだろう。

「はは、乙女だな」

「やめてよ」

そんな会話を尻目に興味津々のシーラが続く。

感情メーターはぐんぐんっと上がって半分くらいになる。

「おお、やるじゃないか。なにを想像したんだ？」

「クッキー！」

「はは、なかなか素直でいいじゃないか」

ルイナがシーラの頭を撫《な》でる。

「まるで親と子ね」

クエナがそんな感想をもらしたが、二人には聞こえていないほど小さいものだった。なにかシーラとルイナの距離感が縮まるのを良しとしない気持ちがあった。それだけルイナに抵抗感を覚えているのだ。

「さて、いよいよ本題だ。ジードを想像しようじゃないか」

クエナとルイナの顔つきが変わる。

ここが勝負どころだと勘づくのは二人の強みだ。

「来ると思ったわ。その前に確認したいことがある。私は多少マジックアイテムにも造詣があるの。調べさせてもらうわよ」

「私がズルをしているとでも？」

「当たり前でしょ」

縦長の『感情メーター』を取り、魔法陣を読み取る。そこにある羅列はクエナにとって完全読解するには荷が重いが、ルイナの不正を手助けする機能があれば見抜ける自信があった。

（べつに大丈夫そうね……）

心情的になにかイチャモンをつけようとも思ったが、そんなものは見つからなかった。それどころか個々人の感情の振れ幅の違いまで配慮されていて、非の打ち所がない出来だとわかる始末だった。

「どうだ？」

「……まあ一応は信じてもいいかもしれないわね」

「そうか。では、さっそく私がやろう。と言っても既に確認済みだがな」

目を閉じるまでもなく、ルイナが手を添えた瞬間にメーターは最高値を記録する。

クエナが唖然《あぜん》とする。

（私の好きなものでさえ三分の一だったのよ……!?）

目を見開くほどの驚きだった。

その反応を見て満足げにルイナが頷いた。

「これで私がどれほどジードが好きかわかってもらえたことだろう」

「待って、これには大きな欠点がある」

「なんだ？」

「それはイメージしたものを他の人が確認できないことよ。あなたは本当にジードを想像したの？」
「くく、そう来ると思っていたさ。ほら」
「……？」
ルイナがメーターの裏を見せた。
そこには何やら文字列があった。
「なにを想像したのか、なにを測ったのか、ここにすべてが書いてあるんだよ」
そこには、
深紅の宝石
ネコ
クッキー
ジード
と、書いてあった。
クエナの顔が赤く染まる。
「なっ、な……！」
「ほう、さっきはネコを想像していたのか」
意地悪そうに笑いながら、ルイナがマジックアイテムとクエナを交互に見ていた。

クエナが口を大きく開いた。

「それを先に言いなさいよ!!」

その怒号はごもっともなことだった。

だが、同時にルイナのジードへの想《おも》いを認めてしまうことにも繫《つな》がっている。

「さて、では次はどうする？」

ルイナが悪びれもせずにマジックアイテムを前に出す。

「じゃあ私がいきまー――！」

シーラが言いながら手をかざし、

『ぼん！』

メーターが振り切れてマジックアイテムが壊れる。

その衝撃波は部屋全体を軽く揺らすほどのものだった。

「「「……」」」

三人が壊れたマジックアイテムを見ながら止まる。

「あの……もしかして弁償とか……？」

「いや、不完全なものを渡したルイナが悪いわよ」

「し、試作品だから気にする必要はない。こ、こういうことも……ある…………のか？

いや……なかった……はずなんだが……」

ルイナが少しだけ涙を浮かべている。ありえない反応だった。

今度は少しだけ、自分のことのようにクエナが意地悪そうな顔をする。

「シーラを舐《な》めてたわね」

「あ、あはは……？」

あまり事態を呑《の》み込めていないシーラは笑って誤魔化そうとする。

「くっ、まるで私がジードを好き足りないみたいじゃないか！　いやだぞ、そんなの！」

「子供じゃないんだから……」

言いながら、クエナはルイナの感情を認めつつあった。

あまり見られないルイナの言動に、なぜか嬉《うれ》しさが芽生えている。

だが、次の言葉に一瞬で評価が覆った。

「ではこの『処女チェッカー』を使うぞ！」

「なにその最低なネーミングセンスは」

「ジードは帝王となる。妃《きさき》となるなら初物でなければならないのは明白だろう」

「ってことは安直なネーミングそのままに処女かどうかの確認をするってことね……。なんというか、さっきから人間関係を壊すようなものばかり開発してるけど、ウェイラ帝国の技術部は一体どうなってんの」

あまりのバカらしさにクエナが額に手を当ててため息を吐く。

不意に部屋の扉が叩《たた》かれる。

「ちょっといいかー？」

ジードの声だった。

◇

打ち合わせを終えた俺はルイナの部屋を訪れていた。

中にはクエナとシーラまでいた。

「な、なにか大事な話か？」

あれからクエナとは結婚についてロクに会話していなかったから気まずい。逃げるわけにもいかないが。

「いいや、ジードにも聞いてもらいたいことだ。ここにいろ」

「あ、いや、俺は別の件で……」

「それは後だ」

ルイナが半透明の水晶を持っている。魔力をまとっていることからマジックアイテムだとわかった。

「なんだ、それ」

「『処女チェッカー』だ。これでクエナ達《たち》を見る」

「え？　どういうことだ？」

「おまえは帝王となるのだから初物かどうかは大事なことだろう」

「いや、別にそんなこと……」

「なにより、往々にして他の男を知っている女は政の乱れの原因に繋がる」

その顔と声は随分と真剣なものだった。

思わず息を呑んでしまうほどに。

ルイナにとって大事なことなんだろう。

ウェイラ帝国は彼女の手中にあるから、風紀が乱されるのを良しとしない。それはまあ、俺でもわかった。

「悪いが、確認させてもらう」

「はぁ……どうぞ」

クエナが腰に手を当てる。

ルイナが遠慮なく、クエナに水晶をかざした。

水晶が赤く染まる。

それが意味することを、俺は知らない。

「……。金髪の巨乳――いや、シーラ。おまえもいいな？」

クエナになにも言うことなく、ルイナがシーラに話を振る。

かなり厳粛な雰囲気だ。

「うん、おっけー！」

シーラが頷《うなず》き、ルイナがかざす。

同様に水晶が赤く染まった。

「……」

ルイナが水晶を見つめる顔に苛立《いらだ》ちをあらわにしていた。

それから口を開く。

「おまえ達、これを私にかざしてみろ」

「は？」

「いいから、間違いかもしれない」

その声は間違いであって欲しいという祈りが含まれているようだった。

「……別にいいけど」

ルイナから手渡され、クエナがかざす。

水晶は――青く染まる。

「間違いでは……ないのか」

それは初めて見る、ルイナの痛切な顔だった。

こちらまで胸が痛くなる。

「——おまえ達は処女ではないのだな」

クエナとシーラは答えなかった。

……これはどういうことだろうか。

「なによ、あんたにとっては嬉しいんじゃないの？　自分だけが初めてを取っておいてるって証明できたんだから」

「そういうことではない！」

ルイナが声を荒らげる。

珍しい。あまりにも珍しいルイナの様子にクエナも動揺を隠せていない。

「私は……」

ルイナが目を伏せた。

深く、なにかを考えている。

それから沈黙が場を包んだ。

「処女じゃないと悪いの？」

「知っているだろう。歴代でウェイラ帝国を襲った危機が三つある。一つは異常発生した小型の魔物によって農業が壊滅した食糧難。二つ目は人族領全土が敵に回った包囲網。三つ目は遊女に溺れた帝王が国を乗っ取られた事件だ」

「非処女なら悪女なの？」

「断定はしない。だが、私の宮廷では危機を未然に防ぐ努力をしている」

言外にルイナはクエナ達を拒絶するとにおわしていた。

だが、それを明言すれば俺がどういう反応を示すか、なんとなくわかっていたのではないだろうか。

ルイナはそれだけ賢い人物だ。

なにを言えばいいのだろう。

ややあって、クエナが口を開いた。

「どうせいるんでしょ、ユイ」

「ん」

しゅばっと頭上からユイが現れた。

クエナが意地悪な表情を浮かべて水晶をかざす。

それは赤く染まる。

「なっ……！　ユイ!?」

「ん？」

ルイナの動揺にユイが首を傾《かし》げる。

心底不思議そうな表情だ。

「答え合わせは犯人のジードさんがどうぞ」

クエナが手を向ける。

ちょっと戸惑いながら答えさせてもらう。

「あ、えっと、どうなんだろうな。ルイナ的には、その、婚前交渉はアウトなのだろうか」

「――は？」

ルイナが間の抜けた顔をする。

ぷくく、とクエナのこらえきれない笑い声が出る。

「私達はジードの手でベッドに赤い花を咲かされたの。残念ながらルイナの『往々にして他の男を知っている女は政の乱れの原因に繋がる』は当てはまらないわ」

「な……！」

ルイナが俺のほうを見る。

「まあ、そういう感じは出してなかったしな。そういう誤解もあって然《しか》るべきと言うか。仕方ないと思う」

「ルイナにしてはおバカをしたわね。処女じゃなければジード以外の男を知っていると思うなんて。それともそれだけ焦っていたのかしら？」

ふと、ルイナがユイのほうを見た。

「待て、それならユイはどういうことだ!?」

「えへへ～、見ちゃったんだよねっ。そこから流れでっ」

「ごめんな……さい」

ユイがシーラにべったりくっ付いて照れたように笑う。

頬が桃色になったのは、普段の彼女からしてみれば感情を出したかなり珍しい表情だと言えるだろう。

「み、見たってなにを!? 私の知らないうちになにがあったんだ！ そういえば一週間に一回だけ行方をくらましているのはどういうことなんだ!? か、通い妻てきなアレなのか!? そういえばなんだかスキップとかしていたような気がするぞ！」

「さすがに頭の回転が早いじゃないの。というかここまで来ると勘づいていたんでしょ」

「うそだ……私のユイが……！」

ルイナが愕然《がくぜん》と震えている。

「勘づいてなかったのね……」

これにはクエナも呆《あき》れ気味だ。

「くっ、ならば今日はここまでにしておいてやる。もういいだろう」

「涙目ね。でも、そうはいかないわよ。むしろお手付きをされていないのはあなただけじゃないの。相応《ふさわ》しくないって意味ではルイナこそじゃないの？」

「ぐぅ……！　ジード！　今日の夜は一緒に寝るぞ！」

「明日結婚式だろ……？」

投げやりになっている。

やっぱりクエナに似ているな。負けず嫌いなところとか。

別に処女だとか非処女だとかどうでも良かったんだがな。

律儀なのか、あるいは宮廷では完璧でありたいのか。

俺にはよくわからない世界だ。

でも、

「良かった……」

最後にポツリと呟《つぶや》いた言葉は心の底からの乙女の気持ちだったのかもしれない。


クエナとシーラは部屋から追い出された。

客人待遇とはいえウェイラ帝国の中枢で、しかも明日は大事な結婚式だ。夜分遅くにまでルイナの近くでうろちょろされてはたまらないと警護の人間が語っていた。

ちなみに警戒のためにユイも部屋から出ている。

自然というか、あるいは不自然な流れで俺とルイナの二人だけになった。

「ジード、それでなんの用だったんだ？　変なことに付き合わせてしまったが」

ルイナがまだ不貞腐《ふてくさ》れた様子で聞いてきた。

「ああ、渡したい物があってさ」

言いながら懐から小さな箱を取り出す。

ふたをパカリと開けて、純白のパールが飾られた指輪が顔を出した。

「これは……」

「婚約指輪……いや、結婚指輪か。その、結婚するしさ。赤色のルビーがいいかなとか思ってたんだけど、なんとなくルイナには白色が似合うかなって思ってさ……」

「そ、そうか、ありがとう……」

ルイナが手を伸ばす。

ピンと張られた指はすらりと長い。

白く輝く指輪を薬指につける。

「うん……いいな……」

ルイナが惚《ほ》れ惚《ぼ》れする顔で言う。

けど、きっと彼女が演技やお世辞で言っていても気がつかないだろう。

それでもこう反応してもらえると嬉《うれ》しいんだけどな。

「それじゃ、俺は明日の用意があるから」

「なんだ……行くのか……？」

そう言うルイナの顔は朱色に染まっている。

ふと、さっきの会話を思い出す。

今日の夜は一緒に寝るぞ。

あれは勢いで言ったものだろう。

でも、二人だけの空間だといやでも想像してしまう。

「ルイナ……」

「今夜は同じ部屋で過ごしても……いいんじゃないだろうか」

ルイナが煽情的《せんじょうてき》に一歩近づいてくる。

体は火照っているのだろう。

なんだか空気が生暖かい。

だが、ぐっと堪《こら》える。

「……いや、やめておくよ。実はメイドの人から釘《くぎ》を刺されていてさ」

「釘を？」

「ただでさえ急に決まった結婚式で忙しいのに、ベッドメイクに時間を割けませんよっ
て」

「あはは！　メイドに釘を刺されて委縮してしまうのか、我が夫となる男は！」

「な、情けないよな……でも、やっぱり気にしてしまうよ」

「いや、いいぞ。そんな帝王は今までいなかっただろうからな。私好みでもある。しかし、結婚したら私以外のやつの尻に敷かれることは許さないからな」

「鬼嫁宣言は怖いって」

ルイナの場合はシャレにならない。

笑い合いながら、また会う約束をして部屋を出る。

（てか普通に流されたけど、ルイナ処女だったのか……）

部屋を出る時、そんなことが過《よぎ》ってルイナの顔を見られなかった。

◇

ルイナは部屋に一人残って、パールが嵌《は》めこまれた指輪を眺めていた。

不意にドアがノックされる。

入室を許可するとメイドが入る。

手にはマジックアイテムがあった。

「お待たせして申し訳ありません。予備の試作品をお持ちしました」

「感情メーターか。もうクエナ達《たち》は行ってしまったからな……」

「片付けておきますか？」

「いや、いい。そこに置いておけ」

メイドがマジックアイテムを置き、部屋を出る。

それからルイナが手を置く。

――メーターはマックス近くを示していた。

ルイナが思わず失笑する。

「私も単純だな」

マジックアイテムの裏に測定されたものの名前が書いてあった。

パール、と。

ただ、爆発しないことに不満げだったのは、負けず嫌いの性格から来るものだったのかもしれない。

◇

廊下を歩いていると、目の前からとことこと見覚えのある顔が歩いてきた。

幼い容姿には似合わず、長い紫色の髪は随分と派手だ。

「やーや、元気そうじゃの」

リフがない胸を張りながら手を上げて挨拶してきた。

偉ぶっても見た目のギャップで可愛《かわい》さしか生まない幼女は、気丈に振る舞っている。その頑張りが報われる日は来るのだろうか。

「リフ。忙しいことばかりで大変だよ」

「かっか、帝王となるのじゃから当然じゃの」

「リフも客として招待されたのか？」

「それもあるが、お主に伝えておかねばならぬことがあっての」

「なんだ？」

俺が聞くと、リフが魔法を展開する——

習慣的に咄嗟《とっさ》にすこしだけ身構えるが、敵意は感じない。

「今のを覚えたか？」

「んー……たぶん」

かなり複雑な魔法だった。

いくら形を把握できても一度だけでは再現するのは難しいだろう。

「お主でさえ初見では無理そうか」

「なんの魔法だ、これ」

俺が問いかけると、リフはドヤ顔を見せた。

なんだ、この可愛い生き物は。

「例のやつじゃよ」

　言われて胸がときめく。

「できたのか！」

「もうすでにギルド職員で試した。魔法を代行して掛けてやると素っ頓狂なことになっておったわ」

「すごいな。リフは自分でやってみたか？」

「いいや……」

　そういうリフの顔は少しだけ暗かった。

　しかし、相変わらず凄《すさ》まじい魔法を作ってしまうものだ。

「もう少しだけ魔法を教えておいてやろう。いつ危険が訪れるかわからないでな」

「ああ、わかった」


　中庭。

　リフから稽古を受けていると一人の少女が声をかけてきた。

「ジードさん、今よろしいですか」

　パッと見た時は、随分と落ち着いている少女だと思った。

　金髪がぐるんぐるんしている髪型だ。

リフが瞬間的に驚きの表情を見せていたのはなぜだろうか。

「だれだ？」

「婚儀の招待客として呼ばれました。新しくスティルビーツの女王となります、フィフ・スティルビーツと申します」

スティルビーツ……フィフ。

その名前には聞き覚えがあった。

たしか……

そう、ウィーグの妹だ。

「俺になにか用か？」

「お話はできれば二人だけで」

視線がリフに向く。

リフに外してもらいたいということだ。

ややあって、幼女が肩をすくめた。

「不倫の現場など見たくもないのじゃ。老人はここでおさらばさせてもらうぞ」

「よせ、ルイナに本当に殺される。それに初対面だぞ」

「ふぉっふぉっふぉ～」

リフがおどけながら場を後にする。

影も見えなくなったのを確認して、フィフが口を開いた。

「今回の戦争をご存じですか」

「戦争って……」

「ウェイラ帝国とギルドの打倒を目指している複合軍によるものです」

考えていることはやはり一緒だった。

フィフはスティルビーツの女王となるのだから、知っていて当たり前のことか。

「知っている。それがどうかしたのか？」

「首謀者の一人が私です」

一瞬、耳を疑う。

「……なんだって？」

「複合軍の長の一人が私なんです」

とんでもないカミングアウトだな。

彼女にしてみればここは敵地だろうに。

そういえば、だからリフは彼女を見た時に驚いたのか。

きっと、彼女とルイナはフィフが敵であることに気がついている。

その上で招待したのだ。

目的は……——吊《つる》し上げだろうか。

それを実行できるだけの自信がルイナにはあるのだろう。

だが、ここに来ている時点でフィフにも対抗する自信があるようだ。

「俺に言ってよかったのか？」

「この戦争の目的をご存じですか」

「そりゃ……ウェイラ帝国とギルドを滅ぼすことじゃないのか」

「違います」

俺の返答に、フィフが間髪容《い》れず首を左右に振る。

「違う？　だが、アステアの命令を受けているんだろ？」

「ええ、アステア様のご意向で動いています。しかし、目的はウェイラ帝国やギルドではありません。私とアステア様の目的はあなたです、ジード様」

「俺？　この戦争の目的が？」

「はい。そもそもこの戦争がここまで大きく広がることはありえませんでした。適当なレジスタンスがウェイラ帝国によって潰され、地方に逃げてもギルドが取り締まって終わりだったでしょう。そんな体制ができあがっています。この強固な連携が悪意によって統制されたのなら、どれだけ恐ろしいかと思ってしまうくらいに」

それは時々思うことだった。

フィフは一国の主だから、如実に感じ取っているのだろう。ウィーグも言っていたが、中堅国家などは板挟みにあいやすいのだというから。

「じゃあ、ここまでの規模にフィフが拡大させたっていうのか？」

「正確にはアステア様が私を介してここまで広げたのです。その理由はジード様を獲得するため」

「獲得って……俺のためにこんな戦争をしているんだったら、すぐにやめてくれ」

「もう止まりません。私はあくまでも首謀者の一人に過ぎませんし、アステア様もやめるつもりはないようです」

「じゃあ、俺を得てなにがしたいんだ？」

そこに解決の糸口があるように思えた。

だが、フィフが目を伏せて、

「わかりません」

それだけポツリと言った。

「今アステアと喋《しゃべ》れないのか？」

「彼女はあなたに近づけば近づくほど会話ができないと仰《おっしゃ》っていました。また最近の大陸ではリフが邪魔をしているから魔法を行使できないとも」

リフがなんとなくで行っている対応策は功を奏しているのか。

……半信半疑だったけどやっぱりあいつすごいな。

「じゃあ、フィフはなんのために来たんだ？　俺に首謀者だって、この戦争の引き金が俺だったって言いにきただけなのか？」

「いえ、約束していただきたいことがありまして」

「約束？」

「この戦争に参加しないでいただきたいのです」

あまりにも率直で、一瞬だけ戸惑ってしまう。

「どうしてだ？」

「ジードさんとは戦いたくありません。それに、あなたは強すぎます」

やはり素直な回答だった。

この子からは敵意を感じない。

ウィーグの言うとおり、あまり謀《はかりごと》を巡らすようなタイプには思えなかった。

「でも、それでいいのか？　戦争をすることになるんだぞ」

「必要なことだと、アステア様は仰っています」

「……もっと時間をかけられないのか？　たとえば、フィフを伝言係として俺達《たち》とアステアを繋《つな》いでくれないか」

「そうすればアステア様を敵視するウェイラ帝国とギルドによって完全に芽を摘まれます」

フィフの立場で考えると難しいのか。

だから俺に手を出さないでくれと伝えているのだ。

「俺にとってルイナ達は大事だ。無理を言わないで欲しい」

「……どうしても、ですか」

「約束はできない。けど、そうだな。なるべく手を出さないようにしてもいい」

「本当ですか!?」

思ってもみなかった、そんなリアクションだ。

彼女からしてみれば俺はルイナ達側なのだから、当たり前なのだけど。

「ただ、俺が手を出さない理由はフィフ達では絶対に勝てないと思っているからだよ。俺が手を出す必要もないと感じているからだ」

なにか言いたそうにしながらも、フィフは俺から言質を取れたことで納得した。言質といっても戦う時は戦うとわかっているだろう。

ただ、意図は汲《く》み取ってくれたはずだ。

この戦争に俺が参加しない、意図を。

「それだけ聞ければ満足です。それから今のことは他言無用で願えますか」

「ああ、わかった」

そもそも言う必要はないだろう。

リフやルイナは勘づいている。

その上で問題ないと判断してフィフを招待したのだ。

彼女らの思考がだんだんと読めるようになってきたのを感じて、すこしだけ恐ろしくなった。

(つまりフィフは……)

そこまで考えて、俺はなんとなくウィーグを思い出していた。

そんな俺は甘いのだろうか。

◇

目を覚ますと、特別な気配に包まれていた。

帝都中が騒がしく、王城の中は慌ただしくも浮かれている。

「ジード様、おはようございます」

朝支度を終えると老齢の執事が部屋に入った。

「ああ、おはよう」

「朝食の用意が済んでおります。今日はルイナ様とお二人だけでお楽しみください」

「わかった」

王城に来てからはクエナやシーラも共にしていたが、今日は特別なんだろう。

それから長い机に豪華な食器が並べられ、俺には正直わからない芸術と綺麗《きれい》なメイド達に囲まれていた。

俺の舌を試してくる破格の食事は初日だけで、今は日ごとにグレードアップされていく『庶民』のご飯が俺に気品を叩《たた》き込んでくる。

（本当はこんな柔軟に食事を変えることはないって言われたっけか）

調理場では毒見などもある。

そのため、いきなり食材――もとい、流通ルートを変えることは難しい。

だが、それができるのがウェイラ帝国のキッチンであり、調理を行う者達の実力なのだという。

それも、帝国に布《し》かれた実力主義と賢帝ルイナの目によるものだとか。

目の前で気品よく食事している女性がどれだけ凄《すご》いのか、朝の様子だけでもわかるというものだ。

この人が俺と結婚するのか。

「ジード、今日は緊張しているか？」

「実はちょっとだけ……あまりこういうの慣れてなくて」

「まあ慣れておけ。これからパーティーは多くなる」

それは客人の立場としても増えていくという意味だろう。

今日で俺は帝王となる。

とはいえ、冒険者としての立場も大事だとわかってくれているだろうから、パーティーとかで時間を取ろうとは考えないはずで……

そもそも、ルイナが俺を手札だと考えているのなら、もったいぶるだろうから……

（あれ、そういえばウェイラ帝国の帝王が冒険者で依頼を受けるってどうなんだ……？

いや、俺としては立場とかどうでもいいけど……依頼者とかどう思うんだろう……）

朝から柔らかくて甘いパンを頬張りながら、そんなことに悩む。

（ああ、シーラやクエナの作ったご飯が食べたい……）

ここの食事はもちろん美味《おい》しい。

とびっきり美味しい。

そりゃそうだろう。

しかし、つい変な悩みを抱えてしまう。

俺の胃は彼女達に支配されているのだ。

いわゆる、家庭の味というやつなのかもしれない。

「ルイナ様、ご報告に参りました」

「イラツか」

黒い髪に青い目をした中年が入ってくる。

荘厳な見た目に相応《ふさわ》しい軍服と勲章で着飾っていた。

かなりの手練《てだ》れだとわかる。

不意に視線を交わす。

「！　ジード……様もいらっしゃいましたか」

「はは、もう警戒する必要はない。イラツ」

「あれ、どこかで会ったっけ……？」

「何度か打ち負かされております。実戦でも、精神面でも」

「そりゃ、その……悪かった……」

なんだろう。

これから身内になるのに気まずいな。

しかも覚えていなかったなんて最悪だ。

いや、元Sランクの冒険者の人とかなら覚えているんだけどさ……

あれ、そういえば彼の名前なんだっけ……？

「気にする必要はない。イラツも武人だからな。私の父の代から仕えてくれている。なによりアイバフ家はウェイラ帝国の建国からの重鎮だ」

「そのとおりです、どうぞお気になさらず。帝王陛下」

随分と畏《かしこ》まっている。

いや、これが臣下というやつなのか。

所作もすごく洗練されている。

「ふふ、ジードはまだ帝王ではない。今日の結婚式と私の引退式を行ってから、ようやく帝王となるのだ」

「はは、そうでしたな。私としたことが気が急《せ》いてしまいました」

引退式。

そこでルイナは女帝をやめるのだ。

女帝は結婚ができないというのがウェイラ帝国の決まりで、空の帝位に俺を即位させ、ルイナが配偶者となる。

この決定に賛同するよう世論を誘導するためにかなり無理をしたらしい。

まあ、政治は引き続きルイナがやるからあまり変わらない。

……と、この結婚式をやる前に色々と教鞭《きょうべん》してもらった。忙しかったのはこのためだ。

「それで、報告は？」

「はっ、戦争の用意が進められているようです」

「やはり動くか」

イラツの言葉にルイナが頷《うなず》く。

複合軍の件だろう。

先日のフィフとの会話を思い出す。

やはり、ルイナ達はすべて把握しているようだ。

「こちらも応戦の用意は整っております」

「ああ、頼んだぞ」

ルイナが言うとイラッが会釈して退出する。

もう邪魔をしても良さそうなので尋ねてみる。

「なにかあったのか？」

「私達の結婚式を邪魔しようと企《たくら》んでいる者達がいるみたいだ。けど気にするな。おまえは堂々と座っていればいい」

「わかった」

フィフのことを思い出しながら、俺は首を上下に振ってみせた。

◇

婚儀の日、帝都の空も祝っているような明るさで晴れ渡っていた。

ウェイラ帝国女帝の婚儀だけに、式に参列したのは、五百人を超える王侯貴族や豪商、いた。
ならびに各界のトップ達《たち》。
王城に複数ある中でも、もっとも巨大な中庭は、今日だけは普段よりもさらに彩られて
いた。
バージンロードを、少女二人を先導に、婚儀の参列者が息を呑《の》むほど美しい女性が歩く。
女性――ルイナは赤いシルクのローブ・デコルテをまとっている。女帝と称されるには
若い美女は、誰をも魅了した。何よりも驚いたのはジードである。
司祭ソリアが儀礼的な文言を述べ終えると、ジードとルイナは一生の契約に言葉で同意
した。ジードがベールをゆっくりと上げると、ルイナの美しさに胸のときめきを感じざる
をえなかった。
二度目になる口付けに、脳がとろけそうになる。

パーティーが始まる。最高の料理人が揃《そろ》った会場で大勢が舌鼓を打っている。
例にならって人々が挨拶に来る。
「いやー、以前は依頼を受けていただいてありがとうございました。おかげで国を乱して
いた魔物はめっきり顔を見せなくなって……」
「是非ジード様には我々鍛冶大国のお力を見せたく。つきましては我が国最高の槍《やり》を差し
上げたいのですが……」

ジードは中々居づらそうにしながら、それでも強《したた》かに卓に並べられた食事に手を付けている。

そしてフィフの番になる。

だが、彼女が口を開くよりも先に、ルイナの側近が慌てて近寄る。

「戦争の決着がつきました」

「はやいじゃないか。それでどうなった？」

側近の言葉にフィフも釘付《くぎづ》けになっていた。

隣にいるジードも静かに聞いている。

「はい、全ての計画が狂いました。未知の技術により、相手側の総勢三万の軍勢が転移を行い、帝都近辺のエクソワール平原まで至りました」

ここでいう未知の技術はふたつあった。

ひとつは大規模な転移だ。

転移は高度な魔法であり、消費する魔力量も尋常ではない。

大陸で三万もの数を一斉に転移させる荒業を行使できる者はゼロだ。それができるのは女神アステアが背後にいるからに他ならない。

そしてもうひとつは帝都近辺にまで転移したこと。

ウェイラ帝国は通常、警戒に値すると判断した戦争には全力をもって対処する。

婚儀の日を狙い澄ましたように起きたこの戦争も例外ではなかった。

そのため帝都近辺には対魔法用の陣が組まれており、軍用の魔法でさえ行使できないよう仕組まれていた。

特に防戦となると一切の魔法を無効化するほど強力なはずだった。

この報告では、それが突破されていることになる。

ジードの頭に敗北の文字が過《よぎ》る。

（やばいのか？）

フィフが勝ち誇った顔をする。

だが、ルイナは依然として泰然自若としていた。

「もったいぶるな。結末はわが軍の勝ちなのだろう」

「もちろんでございます。帝都の防衛にあたっていたイラツ様をはじめ、精鋭一万が敵軍を封じ込めました。また二度目の転移はかなわなかったようで、戦場で散り散りになった兵を含めると二万弱が捕虜になっております」

一万対三万で勝利をする。

完全な奇襲を受けた状況でもこれができる。

だからこそ、ウェイラ帝国は人族の最強国家となったのだ。

「たかだか三万でどうするのかと思えば、アステアの奇策頼りだったわけだ。それもたいしたことないな」

ルイナの視線が、立ち尽くしているフィフに向く。

「それで、はなから勝ち目のない戦いだとは思わなかったのか？　目的はなんだ？」

「き、気づいていたのですか……！」

「変な話だな。気づくように仕向けていたのではないのか？　だとするとあまりにも杜撰《ずさん》だな。アステアの力で上に立ち、アステアの力で扇動し、アステアの力で……戦争を有利に進められると思ったのか？」

「なんっ……」

「ただアステアの駒として大した信条もなく流されるまま働いただけだ。これならば生粋の駒だったロイターの方が幾分か怖かったな。『アステアの徒』並みの敵との戦争を想定していた私がバカみたいじゃないか」

ルイナが退屈そうに欠伸《あくび》を漏らす。

「か、勝ちを信じていたのですか」

「ここにいる人間が戦争の勃発を知らないとでも思っているのか。パーティーの参加者はおまえを除いて我ら帝国の勝利を信じている。だからこうして楽しんでいるのだろう」

言われて、フィフは握り拳を作った。

ジードにまで届く、ぎゅっという音。

「ここで負けておいた方がよかったですよ」

それは苦し紛れの言葉だった。

「なぜ？」

「相手は神です！　我々が勝てる相手ではありません！」

「いいや、すでに二回勝っている。どちらも相手は駒だったわけだがな。それに神だからといって諦める理由にはならないな。本当に万能ならこんな火種を作る必要もないだろう」

フィフが脱力する。

それから両手で顔を覆い隠す。

しばらくして、

「……はぁ、負けです。ふふ、私にはお城で裁縫をするのがお似合いですね。ずっと怖いことばかりでした。震えも隠せてませんでしたかね」

小さく微笑《ほほえ》みを浮かべていた。

「いいや、頑張っていたさ。前に何度かパーティー会場で見かけたが、大人しいあの頃よりは立派にやれていたさ。私は大人しい方が好みだったが」

「私も昔の方が性に合っているので、そう言ってもらえると嬉《うれ》しいです」

ルイナが指を立ててフィフを見据える。

真剣な面持ちだった。

「ひとつ聞きたいことがある。どうしてアステアに従って戦った？　兄を蹴落としてまで。おまえにやれると思ったのか？」

それは今後、アステアの影響を受けた人物の行動に関するヒントになることだった。

最悪、答えはえられないだろう。

だが、フィフはあっさりと口を開いた。悩む素振りすらない。

「そそのかされたんです。私が人を操れていたのには理由があって、アステア様の目は世界にあまねく届きます。だれかが人に言えない悪いことをすれば弱点になりますよね。スティルビーツの将軍はさる高貴な方と浮気をしていて、宰相は親縁の方が家族諸共《もろとも》極刑に処される大事件をもみ消していました」

フィフはそこを利用して、兄のウィーグを蹴落とした。

そうやって女王となってみせたのだ。

レ・エゴンの動向を知りえたのも、アステアの目があったからこそ。

ウェイラ帝国の目をかいくぐったように見えたのも――実際に一部は本当にかいくぐっていたが――同じ理由だ。

「ははは、おもしろいな。しかし、言っても良かったのか？　スティルビーツの弱点になるぞ？」

「ええ、いずれ片付けようと思っていた問題ですから。後のことは兄に。きっと、ジードさんもそれが望みだったでしょうから」

「んぐ？」

ジードがご飯をハムスターのように食べながら、急に話を振られたことで顔を向けた。

しかし、話をほとんど聞いていなかったので返事は曖昧だった。

「そうか。スティルビーツの本軍も動いていないようだしな。まだなにか隠しているのか？」

今回の三万人もの兵はレ・エゴン配下の者ばかり。つまり盗賊や『アステアの徒』の下についていた組織などの烏合《うごう》の衆だった。一部国家に属する軍隊もいたが、複合軍の顔になるほどではない。

「なにも隠していません。勝機があればスティルビーツの軍隊を動かすつもりでしたけど、完敗ですからね。無用な犠牲は払いたくありません」

「……その言い方は」

「ええ、悪事を働いた人はいずれ浄化されますから」

さしものルイナもこの時ばかりは肝を冷やした。

一瞬だけ言葉に悩んでから、不敵に頰を緩めた。

「恐ろしい女だ。訂正しよう。一歩違えば、おまえは私になっていただろう。いいや、今からでも遅くはない。こちらの世界の方が向いているぞ」

ルイナが純粋に褒めるのは珍しいことだった。

自分には関係ないと食事を進めていたジードも視線を向けたほどだ。

だが、フィフは首を左右に振ってみせた。

「いいえ、やめておきましょう。あとはルイナ様に任せます」

「私を信じるのか？」

「ええ」

迷わずに肯定してみせた少女をルイナは甚《いた》く気に入ったようだった。

「ふっ、そうか……それで言うとジードの弱点でも見つけられればそちらに有利だったのにな」

「ジードさんは特別だそうで、近くにいる方を見ることさえムリなんだそうです」

「そこにアステアが欲している理由がありそうだな」

「そうかもしれませんね。そこまでは聞いていませんでした。あちらの都合でしか話すことが叶《かな》いませんから」

「そうなのか？　私はおまえを伝言係にでもできないかと考えていたのだがな」

「むりでしょうね。アステア様にとってもう私は失敗した駒ですから、連絡をとってくることもないでしょう」

残念そうにしながら、ルイナは話を変える。

「しかし、肝心なことを聞けていないな。おまえがそのかされた理由はなんなのだ？　もしやおまえもアステアに弱みを握られてたんじゃないのか？」

「そういうわけではありませんが……ふふ、乙女の秘密ですけど、今回は特別です。あなたが我が国に攻め入ったことを覚えていますか」

「もちろんだとも。恨んでいるのか？」

「いいえ、恨みよりも強烈な思い出があるのです。たった一人で大軍勢を跳ね返した方の思い出が」

「ほう、それは随分と良い男なのだろうな」

察したルイナが笑む。

今日、一生を誓った男が褒められたのだ。

跳ね返された大軍勢の長だとしても、自分のことのように嬉しい気持ちがある。

「はい。そのお方の勇姿に憧れて、私が行動を起こしてしまうくらいに。その人と肩を並べられるんじゃないか、私のような小心者で城から出たことのないような小娘でも、と」

「はは、妬《や》けるじゃないか。そうやってそのかされてしまうくらい、焦がれたか」

当の本人は話がよく分かっておらず、皿に盛り付けられたステーキを頬張っていた。あの戦場では救いたい人を救い、敵だった女性からキスをされた。印象的な出来事は決して、他人から見たものと同じとは限らないということ。

――不意に。

フィフの身体《からだ》が強く発光した。

ジードが魔力の大きな波を感じる。

「危ない、ルイナ！」

ジードが即座にルイナを庇《かば》ったのは良い判断だった。

衝撃と共にジードとルイナが宙を舞う。

『キョゲェェエエエェッッッ！！！！』

絶叫は帝都を包んだ。

その声以上に強大な魔力は辺り一帯を震わせた。

サイズは空を覆い隠すほどであり、体は一つ目の球体状。青紫色の六つの手を器用に足として使っている。口は目よりも大きい。

参列者は一瞬で危機を理解して、口々に「逃げろ！」と叫んだ。

化け物の下にはフィフがいた。

魔力が枯渇した状態でひどい顔になりながら辺りを見回している。

「これ……は……精霊……？　アステア様が私に……埋め込んだ……？」

精霊。

フィガナモス。

それは大陸には一度も出現したことのない、『禁忌《きんき》の森底《しんてい》』の主を超す怪物だった。

フィガナモスが最初に目を付けたのはフィフだった。

手で踏みつぶそうとするが如《ごと》く。

フィフのいた近くで煙が広がる。

手の動きを追えた者は会場では少数だ。

だが、その手は止められていた。

ウィーグ・スティルビーツ。

衝撃で両手が折れながらも身体全体で受け止め、鼻や口からは血が流れていた。

ウィーグはAランクの冒険者であり、実力は大陸で上位に入る。だが、それでもたったの一撃を止められただけでまさに奇跡ともいえた。

「フィ……フ……だ……大丈夫か」

「ウィーグお兄さま……」

それは素晴らしい兄妹愛といえる。血みどろの争いになることの多い王族間では珍しいものだ。

だが、二撃目はない。

フィガナモスの手が横から襲来する。

それを影の魔法で受けたのはユイだった。

今日は戦争には参加せず、ルイナの護衛として立っていた。

だが、彼女もフィガナモスの手によって王城の部屋にいくつもの穴を開けながら吹き飛ばされた。

ほかにもウェイラ帝国で精鋭と言われるような武人が王城を護《まも》っていた。

だが、彼らも一瞬で意識を削られる。

「ちょっと鎮まりなさい、化け物！」

最初にフィガナモスに一撃を入れたのは客人として招かれたクエナだった。次にシーラだ。

だが、結果はかすり傷すら付けられていない。

フィガナモスの目がクエナ達《たち》に向けられる。

そんな時に声が届いた。

「参加者や非戦闘員の転移完了させたのじゃ」

「ったく、めんどーなことに巻き込まれたわね」

「こんな時にフィルがいれば……みなさん、回復します！」

リフとネリムが転移を済ませ、ソリアが回復を終わらせていた。

フィガナモスの足元にいたウィーグを含めて一切の損傷は癒えている。

『キュァァァァァァァァァァァアッッッッッ！！！！』

うっとうしいと感じたのか。

フィガナモスが再び叫び声を上げる。

鼓膜が破れんばかりの勢いで、思わず全員が耳を塞いだ。

フィガナモスの手が魔力をまとう。

一本を炎、一本を氷、一本を雷、そして一本を暗闇。

全員が構え、しかし、フィガナモスの一撃は届かない。

「伍式《ごしき》――【激震《げきしん》】！」

ジードの魔法により、フィガナモスのまとった魔力は霧散した。

動きが一瞬だけ止まったことにより、クエナ達は一撃を避けられた。

「ジード、無事だったのね！」

シーラが声をかける。

「ああ、ルイナも大丈夫だ」

土ぼこりからルイナとジードが現れた。

「お主から見てこいつはどうじゃ！」

「やばい化け物だ。勝てる気がしない。――でも、ここだともうひとりの人格は出せない。

だからリフ、例の魔法を使うよ」

「お、おい、結局昨晩は使わなかったじゃろうが！　どうなるかわからんぞ！」

フィガナモスの手が再び上がる。

今度はより濃い魔力をまとっていた。

「魔法――『運命輪転』！」

ジードが魔法を口にすると、
場に一瞬だけ奇妙な時間が流れる。

だれもが一秒を一分のように、長い時を過ごしているように感じていた。

もっともはやく動いているのはフィガナモスだが、やはりその手は木から落ちる枯れ葉よりも遅い。

「――おお、懐かしいな。この化け物も、この景色も。――弐拾《にじゅう》漆式《しちしき》【王奪《おうだつ》】」

フィガナモスの動きが決定的に止まる。同時に他のメンバーの時間は動き始めた。

「だ、だれ……？」

最初に戸惑いを見せたのはクエナだった。

「あれ、ジード!?　うん!?　いや、ジード……!?」

次はシーラだった。

状況を理解しているのはリフだけだ。

「ああ、ジードじゃよ。より正確に言うのならば十年後のジードじゃ」

「元気そうでなによりだよ、みんな」

リフに紹介されて、ジードが明るい笑みを浮かべる。

身体はより大きくなっていて、顔立ちも落ち着いている。

だが、それはたしかにジードだった。

◇

「じゅ、十年後!?　話がいきなりすぎてわからないんだけど！」

クエナが戸惑いを隠そうとせず、リフに質問を投げかける。

「最初はたしかめようとしただけじゃ。わらわ達に未来があるかどうか。幸いにも魔族には未来を見通すやつがおったからの。まあ、なんとかできると思ったのじゃ」

「それで可能にするなんて……さすがに凄《すご》すぎます」

「天才ソリアに言われるとは、わらわも捨てたものではないの。しかし、未来を見通すだけではなく、未来から召喚することも可能にした。未来の自分と今の自分を入れ替えることによって」

「たしかに十年後のジードなら……凄そうね」

フィガナモスは完全に止まっていた。

手と身体はぐったりと倒れていて、目は半開きのまま動いていない。

未来のジードが掛けた魔法であることはたしかだった。

その彼がリフを見た。

「ちょっといいかな、リフ」

「なんじゃ？」

「君もいつかわかることだけど、実は俺はこの時代に手出しができない」

フィガナモスを動けなくさせたことが、未来のジードができる最大限の譲歩だった。

彼を頼りにと考えていたリフが眉間にしわを寄せる。

「むっ、どうしてじゃ」

「エイゲル曰《いわ》く、未来の力を借りると未来がなくなってしまうからだそうだ」

「むむっ……」

リフが首を傾《かし》げる。

追い打ちをかけるように未来のジードが語る。

「他にも、未来を見通すためにこの魔法を生み出したと言っていたね。実はそれがあって、油断が生まれている。未来でアステアに勝てたのだと、負けるはずがないのだという安心だ。その結果、いくつかの未来では敗北が生まれている。今の俺は元の世界への収束のために色々な世界で動いているのだけど……まあそこは置いておこう」

「未来はひとつではないのか？」

「ああ、運命はひとつだけじゃない。リフはすごい天才だ。魔法技術の特異点だ。だから、こうして未来の俺を召喚できている。けど、だから、力が大きすぎるから、色々と見落としているところや、視野の届かないところが多い。不用意に因果律を歪《ゆが》める真似《まね》はやめておけ——とは、未来のエイゲルのセリフだ」

「そうか……エイゲルは元気にしておるのじゃの」

リフがどこかしんみりと眉根を寄せる。

ジードもそれを追うように目をすぼませるが、すぐにおどけてみせた。

「ああ、大変だよ。女体化しちゃったり、勢いで俺と結婚したりな」

「「「は、はあああ!?（へぇぇ～～!?）」」」

各種反応が届く。

「あ、やば、あんまり未来のこと言っちゃいけないんだった」

「とんでもない爆弾を置いていくのやめなさいよ!!」

クエナが怒鳴りつける。

ジードは「たはは」と笑いながら誤魔化している。

しかし、あまり変わっていない様子に、ルイナが尋ねる。

「ひとつだけ聞きたいことがある。正妻……第一夫人は誰になっているのかな？」

それはルイナにとって重要なことだった。

彼女はプライドも高ければジードに対する心も本物だ。

だからこそ他の女性と正面から愛を競い合っている。

それはルイナにとって聞かずにはいられないものだったのだ。

「え、だれって……」

ジードの視線が迷うことなく向かう。

すぐにジードは目をそらしたが、見た女性は一人だけだった。

――ネリムだった。

一連の会話を聞いていたネリムが肩を落とす。

「は……？　なんでこっち見たの？」

「あ、こういうの言ったらダメな決まりでさ、悪い悪い」

「待って、そういうのどうでもいい。私は今のジードを殺さないといけなくなるんだけど、え？　本当にどういうことなの？　待ってやめておい聞け未来のジード！　どうして私を見た！！！」

ネリムの動揺は普段の言動を変えてしまうほどのものだった。

しかし、ルイナはネリム以上に驚いていた。

「わ、私じゃないのか……？　わ、私はウェイラ帝国の先代女帝だぞ……？　お、おい……私は……おまえ……え？　地位とかでソリアやスフィが一番の敵かなとか思っていたんだぞ……？　クエナやシーラもヤバそうかなって……え？　どうして？」

ルイナはわなわなと震える手を見ながら絶望の淵《ふち》にあるようだった。そんな彼女をユイが頭を撫《な》でながら慰めている。

多様な反応を見ながら、クエナが呟《つぶや》いた。

「未来の話なんて聞くもんじゃないわね」

「ちょっちょっとー！　なんかこの化け物動き始めたんですけどー！」

シーラの言葉どおり、フィガナモスは魔法を破り始めていた。

「おっと、俺はもう行かないと」

周囲の様相とは裏腹にジードはマイペースだ。

「なんじゃ、倒していかんのか」

「干渉しすぎない方がいいからなあ。これも成長のための糧だと思ってくれ。それに未来に行った俺もやばいことになってそうだからな。代わりに言葉を残していくよ。俺に伝えてやってくれないか。『受け入れてやってくれ』ってな」

言って、未来のジードの姿が明滅する。

それから見慣れた姿のジードが現れた。

かなり疲れた様子で肩で息をしている。

「も、戻ったのか!? 俺は無事だよな!?」

ジードは慌てて自分の身体《からだ》をたしかめている。

そんな彼にネリムが詰め寄る。

「ちょっとあんたに聞きたいことがあるんだけど! 未来に行ってきたのよね!? 未来のあんたがキモイ匂わせしてきたんだけど! ありえないわよね!? 未来の私はどうなっていた!?」

「ネリム! よかった、ネリムは当たりが強いよな! 俺を撫でたりしないよな!?」

そのジードの反応はネリムにとって一番望んでいないものだった。彼女にとって悪夢に等しかった。

「ぎゃあああああっっ!! 未来の私にそんなことされたのね!? そんなこと聞くってことはそうなのね!?」

「わたしは帝王の座をあげたのに……一番好きなのに……」

阿鼻《あび》叫喚《きょうかん》とはまさにこのことだった。

放心状態のルイナ、地べたで叫んでいるネリム、頭を抱えているジード。

そんな彼らの様子をもっと見ていたいとリフが思っている中、ソリアが構える。

「あ、あの、第一夫人だとか、そんなどうでもいい話をしている場合ではありませんよ!?」

「どうでも良いわけないでしょ！　わ、私がこ、こんな……！　結婚がいやで魔王討伐したのよ!?」

「そうだ！　どうでもいいわけないもん!!　聖堂でおまえも気にしてたもん!!」

「そ、それはそうですけど！　もう拘束が解けるみたいです！　今はこっちが優先なのでは!?」

フィガナモスが巨体を再び起こした。

その手が大きく開かれた。

「み、未来の俺は倒せなかったのか」

ジードが今ごろ気づいて警戒する。

リフがジードに言う。

「未来のお主が言っておったぞ。今を頑張らなければ意味はないと。そして、こうも言っておったぞ。『受け入れろ』とな」

ジードの心臓が鼓動する。

そのことをずっと悩んでいただけに、すぐに言葉の意味を理解した。

「はは、まさか未来の自分に背中を押されるなんてな。――みんな、時間を稼いでくれないか」

ジードの目から光が失われる。

ただでさえ黒い瞳はさらに深く染まっていく。

クエナが呼応する。

「どちらにせよ戦うしかないわね！　ネリムも一番の戦力なんだから正気に戻りなさい！」

「くそおおお！　この不条理をおまえにぶつけてやるわよ！」

「いっくよー！」

「回復はお任せください……！」

「かっかっか、これは大変な仕事になったのお」

「……」

第三話　もうひとりの俺

(もうひとりの俺)

あいつが発現したのはいつだっただろうか。

それはもう覚えていない。

でも、たしかなことは、俺でさえ怖いと感じるときがあることだ。

いつか乗っ取られてしまうのではないかと思ってしまう。

(暗い闇に、おまえはいる)

それは子供の頃の俺だ。

なにをするでもなく、俺を見ている。

無垢《むく》な笑みを浮かべながら。

(成長しなかったのは俺が封じ込めていたからなんだ)

森にいた頃は魔物を殺すのにためらうことがあったから、都合よく呼び出していたんだ。

生きるために汚いこと全部を任せていた。

逃げるために使っていたんだ。

でも、そんなおまえを俺は怖く感じた。

俺の持つ全てを上回っているから。

だからひとり孤独でも平気なおまえをここに残したんだ。

だからおまえはいつまでも俺の奥底にい続ける。

「俺はひどいやつだよな。おまえよりも……よっぽど。でも、きっと、おまえと一緒に生きていかないといけないんだ」

『怖くないの？』

もうひとりの俺が口を開く。

自分のものとは思えない高い声だった。

俺は昔こんな声だったのだろう。そう思うと懐かしさを覚える。

「怖いさ」

『なら、いいの？　このまま閉じ込めておいた方がいいんじゃないの？』

「おまえは俺が置いてきた過去だ。ここで清算しないといけない気がする」

『たとえ、乗っ取られても？』

「さすがに全部はダメだ。俺には守りたいものができた。自分以外のために戦うんだ」

『結局は力が目当てじゃないか』

「そうだな」

『嘘《うそ》つき。「もっとゆっくり向き合いたかった」とも思ってるよね？』

すべてをお見通しというわけだ。

いずれ決着をつけるべきだと思っていた。

だからソリアに協力してもらっていたんだ。

『バカだね』

「ああ、バカだよ。だから助けてもらって生きているんだ」

『そうだね。――ねえ、安心してよ。もともと、俺達《たち》はひとりだったんだ。乗っ取るとか、最初からそんなものはないんだよ』

「そうなのか……？」

『さっきも言ってたでしょ。ここにあるのは置き去りにしてきた過去なんだって。殺したければ殺す、そんな価値観が培われて、そして捨てようとした過去なんだ。いわばそういったものの蓄積が俺ってわけ』

「……」

なんとなく、わかる。

もうひとりの俺は別人格ではないと伝えたいのだ。

だが、それは……

じゃあ喋《しゃべ》っている相手はだれなんだ。

『昔の俺にこんなことが言えた？　価値観だとか培うだとか、蓄積だとか。俺はずっと一緒にいたんだ。それこそ、図書館で居眠りしちゃって涎《よだれ》で本をダメにした時も、箸が使えなくて手で食べちゃった時とかも』

「つまり記憶を覗《のぞ》いていたということなのか？」

異なる人格同士が記憶を共有することはないとソリアは言っていた覚えがあるけど……

『いいや、薄ぼんやりと俺達は記憶を共有していたはずだよ。俺が人を消した時もそうじゃないか。それは俺から記憶を受け入れる用意ができていたからだよ』

「なら、どうして神都を……」

『暇つぶしだよ。楽しいからだよ。無邪気な子供心ってやつだよ』

だんだんと抱いていた親近感が一瞬で失《う》せる。

深淵《しんえん》を覗いているような瞳に戦慄を覚えた。

「おまえはだれなんだ？」

『俺だよ。もうひとりの俺。でも、同じ俺でもある。複雑に考えなくていい。表と裏と考えてくれてもいい。そっちが善意で、こっちが悪意のようなもの。そんな簡単に考えてもいけないいけどね』

「その無邪気な子供心は悪意だよな。それが表に出てきてしまったのは……俺がおまえを受け入れていなかったから？」

だから俺の意思を無視して暴走したというのか。

『かもね。それは俺を受け入れてからのお楽しみかも』

もうひとりの俺が手を伸ばす。

こわかった。

でも、俺は自分の温度を伝えるように、その手を取ってみせた。

『本当にバカだね。俺が現実の世界にいた総時間はたかだか数日……よくて数か月だよ。ひとつになってもほとんどが君だよ。俺なんて残るわけないじゃないか』

もうひとりの俺がそう言って、浮遊感を覚える。一体化したら、この空間がなくなるのも必然だった。

「おまえ……！」

言おうとして、視界が晴れる。

去る時に、なんとも後味の悪い言葉を残してくれた。

それでも救いとなったのは、最後に見たもうひとりの俺が、屈託のない笑顔だったことだ。

◇

「すごいすごい！　腕が折れてたのにもう治っちゃったよ！　これが聖女ソリアの回復魔

法！」

「聖女はスフィ様です……！」

「ねえ、その聖女って名称嫌いなんだけど！　勇者パーティー関係の言葉とか聞きたくもない！」

シーラ、ソリア、ネリム。

「おいおい、私が狙われているぞ！」

「うっさい！　あんたは黙ってて！」

「……くる」

ルイナ、クエナ、ユイ。

「なんじゃ、戻ってきたか」

リフ。

最初に俺に気づいたのは彼女だった。

魔力を薄ぼんやりと感知できるからだろう。

「「ジード（さん）！」」

「待たせた」

周囲の魔力が一瞬で黒く染まっていくのを感じる。

これがもうひとりの俺の力か。

「どういう原理じゃ、それ」

「わからん」

「ふむぅ……周囲に漂う魔力を取り込むと身体《からだ》に負担がかかる。それゆえに魔法は自身の魔力を消費して使うもので無限に使うことはできん。じゃがの……おぬしのそれは世界全ての魔力を自身の魔力に変換するものじゃぞ」

「丁寧な説明だな」

一帯の魔力が自分の魔力と同質に変化していく感覚はある。

アステアによって生み出された怪物は、警戒のあまり身動きができていない。

もうひとりの俺から受け継いだこの力だが、良くなったところがある。それは誰にも不快感を与えていないことだ。

クエナ達はなにも恐れていない。

本当に俺自身の力になったということだ。

(それが意味するのは……あいつと一体化したということ)

不思議と自分という感覚しかなかった。

違和感がない。

「――ちょっと、この化け物と別の場所に行ってくるよ」

一瞬で場所が変わる。

その怪物と俺は神都跡に転移していた。

以前と変わりなく、誰もいない。

『キィアアアアッ！！！』

威嚇の悲鳴だけで大地がめくれ上がる。

どうやら、これまでも力をセーブしていたようだ。

体力の温存。

そこまでする理由は俺達を殺してもさらに進攻しようという、ただの怪物が持ち得ない理性的な思惑が見え隠れしているようだった。

その先にあるのは大陸の壊滅なのだろうか。

しかし、恐ろしさを感じない。

逆に俺が一歩踏み締めると化け物が怯《ひる》むほどだった。

「なるほど。アステアが俺にこだわる理由がわかった気がしたよ」

女神アステア。

そう呼ばれるだけの力の存在は感じていた。

だが、なるほど。

俺が世界中の魔力を統べることができるのなら、絶大な力を持つ女神を超える可能性はあるのだろう。

『キッ……』

化け物の手が伸びる。

触手のような腕が俺を包もうとして——動きが止まった。

それから化け物の身体が縮こまっていく。

「おまえは俺の仲間を傷つけようとした。だから、悪いな」

ぷちり、ぷちり、びた……

耳障りな音が響く。

周囲の魔力が圧を持つ。

もうひとりの俺と一体化した時に思いついた戦い方——

「漆式《しちしき》——【魔砕《まさい》】」

衝撃が周囲に伝わる。

黒い魔力に呑《の》まれた化け物の姿かたちはなくなっていた。

任意の範囲に黒い魔力を集め、問答無用に敵を圧砕する。

今回は初めてだったから不安定な魔法だった。

転移して正解だったな。

仮にクエナ達のいる場所で一歩間違えたら……想像もしたくない。

「……」

ふと、罪悪感が芽生えていることに気がついた。

怪物を殺したことに対するものだ。

もうひとりの俺を認識したからだろうか。あるいはこの場の雰囲気だろうか。今度はだれも殺さずに済んだ。怪物を除いて。

「いつまで戦うんだろうな……」

その問いかけは風に乗って消えていく。


もう一度、転移する。

実は帝都の近くで懐かしい魔力の波長を感じ取っていた。許してはいけないものを。

「くっ、くそが！　はやく動け！　このままだと私は殺されてしまう！」

やたらと偉そうな男が足蹴をしながら無表情の人々を操っていた。

「おい」

「うわ！　な、なんだ、おま――ジード……!?」

男は俺を見ると慌てた素振りを見せる。

さっきまで足蹴にしていた無表情の人物を盾にしていた。

「おまえ、名前は？」

「俺の命を狙いに来たのか!?　フィ、フィフのやつは時間すら稼げなかったのか！　使えないゴミが！」

相手は俺のことを知っていたようだが、その男に見覚えはなかった。俺の問いかけには答えてくれないようだった。

とはいえ、まあ、今回の敵なのだろうと予想はつく。

「おまえだけか？」

別の問いかけをしてみた。

すると男はなにを勘違いしたのか、

「バ、バカが！　ほいほいと敵陣に来やがって！　おまえの首を取れば流れも変わるというものだ！」

男が指示をすると人々が集まってくる。

なにやら雑多な荷物を抱えているやつらから、護衛のための人材であろう猛者までいる。

「俺の首を取る？」

「は、はは……恐ろしいか！　さっき俺の名前を聞いたな！　レ・エゴンだ！　おまえを殺して大陸に新たな秩序を作る男の名前だ……！」

どちらが恐れているのだろうか。

男は錯乱しているように見えた。

「俺に勝てるつもりなのか？」

「当たり前だ！　こいつらにつけてあるのは『奴隷の首輪』だ！　命を省みずに働く狂人どもだ！　こいつなんて良いところの騎士だったが目の前で妻を犯されてもなにもできなかったんだぞ！　たとえ四肢をもがれようとも、おまえの目玉くらいならくり貫《ぬ》くだろう！　クゼーラ王都での暗殺は失敗したが、この数いるのだから――――！」

いつまで戦うのだろうか。どれだけ血を流せばいいのだろうか。そんなことを考えるだけ無駄な気がしてきた。

指を合わせて強くこすりつけた。魔力が波打ち、彼らの首輪にまで届いた。

「随分とヒドい作りだな。前にクゼーラで使われたものと比べると、簡単に解除できる」

「へ？」

奴隷とされていた者達《たち》の首輪が解ける。

レ・エゴン。

たしか重要な人物の名前だった気がする。

生かしておいた方が良いのかもしれない、と思った。

だが、それ以上にこいつの話を聞きたくなかった。

彼が奴隷だった者達に一方的になぶられていく光景を見ながら、俺は冷えていく心でそんなことを感じていた。

アステア、おまえの目的は一体なんなんだよ。

◇

案の定というべきか、まあ予想はしていたけど結婚式は台無しになった。

そりゃ戦争してるのに挙げるものかなとは思っていたけど……

とはいえ、誓いの儀式は済んでいるし、仕切り直しということはない。その代わりに大々的なパーティーが催され、改めてルイナとの結婚のニュースが広まった。

「ご苦労様じゃったの」

リフがギルドマスター室の、高さを随分と調整された椅子に座りながら言う。

「リフやルイナほどじゃないよ」

「かっか。わらわ達が手こずっていたレ・エゴンを捕まえたのじゃ。謙遜するでない」

「今回の主犯だっけ」

「うむ。とはいえ、所詮は小物じゃ。『アステアの徒』でも大して目立たない存在だったから生かしておったんじゃがの～」

「生かしておいて良かったのか？」

ふと、そんな疑問が浮かぶ。

殺しておけばこんなことにはならなかったかもしれない。あの不快な言葉を聞いてからだと、どうしても敵意が湧かずにはいられない。

「くく。では、スフィはどうするかの」

「それは……」

「今回もそうじゃの。フィフについては不問にした。表立った活動はしておらなんだが、それでも裏で糸を引いていたのはたしかであるにもかかわらず、じゃよ」

「ウィーグの妹か」

結局、王位はウィーグに戻りそうだとか。

「うむ。結局アステアによって影響を受けていた人物の罪を測ることなど難しい。もちろん、不問で収まるなら良いが、場合によっては償わせる必要もある。その償いが大陸のために必要ならば奉仕活動をさせ、個人のために必要ならば……」

リフはあえて言い切らなかったのだと思った。

それは恐らく俺のためだ。

俺のことを慈母のような目で見てくる。

「なぁ、リフ。この対アステアの戦争についてどう思う？」

「生存競争かの。人族らが生きるために必要な戦いじゃ」

「そうだな。俺もそう思う。でも、それ以上に……なんだろうな。なんだかワガママな気がしてきたよ」

「かかか！　そうじゃの。ワガママでもあると思うぞ。女神から解放されて生きたい、自由になりたい、そういう願いもあるからの」

「そこでいうと、こうやって誰かの命を危険にさらすのは……どうなんだろうって、思うようになってきたんだ」

それはもうひとりの自分と向き合って得た言葉なのかもしれない。命を奪う行為が普通になっていく。そんな麻痺《まひ》した感覚を否定したい。でも、俺は戦争という行為自体をなんとか止めたいと考えていた。

「では黙ってアステアに従うかの？」

そう問いを突き付けられると、俺は頷《うなず》けなかった。

「わかっているんだ。そうやって戦いを否定することはワガママだ」

「うむ。もうこの戦争はお主かアステアが死ぬまで終わることはないじゃろう。わらわがそのためにお主をバックアップしておる」

「俺？　リフじゃないのか？」

「いいや、キーマンはジードじゃよ。それはアステアの動向を見るかぎり、わかる」

「……そう、なのか？」

得心はいかなかった。

今だってアステアの影響を抑えているのはリフの技術によるものだろう。

ギルドや、その各国との連携だってリフが構築したものだ。

「ジードよ、わらわは天才じゃ」

「う、うん。まあ、それは知ってるけどさ」

いきなり言われて戸惑う。

「アステアも天才じゃ」

「……？」

「アステアは神なんかではない。おそらく、ただの人間じゃよ」

「え？」

「わらわの技術が通じておるということは、アステアは全知全能の力を持っているわけではないと思う。おそらく、わらわ達が未来で通るであろう道の先を行っておるのじゃ。それゆえに、持ちえない力を必要としておる。それがお主じゃよ」

フィフの言っていたことに合点がいく。

アステアが俺を求めている理由。

「だから、俺に突破口があるってことか？」

「うむ。ゆえに、もしもワガママを通したければ、自らの命の灯を消すが良い」

言われて、一瞬だけドキリとした。

そんな発想になったことがなかったからだ。

今まで生きるのに精いっぱいで、逆の考えに至ることはなかった。

だから、なのだろうか。

すこしだけ涙が流れた。

「ちょっと安心した。逃げる場所があるって思うとさ」

それは情けない言葉だった。

リフが歩み寄ってくる。

それから浮かび上がって俺の背よりも少し高くまで飛んだ。

なにをするのだろう、と思っていると。

ぎゅっと俺の顔を胸に埋《うず》めた。

「今まで気苦労をかけたの。これからもかけてしまうの。それでも、逝く時は一緒に逝ってやろう。それがわらわにできる責任の果たし方じゃからの」

ああ。

感じたことのない温《ぬく》もりだ。

母親がいるのなら、きっとこんな感じなのかもしれない。

「リフも……大変だろ……」

「わらわは大人じゃからの。お主の何倍も生きておるからの」

「それでも、大変じゃないのか……」

今度は俺の方からリフの背中に手をあてて、力をこめる。

リフの鼓動が聞こえるほどに。

「お主は希望じゃったのよ。アステアと戦うにはどうすれば良いか、考えて考えて。お主が現れた。それだけでわらわは救われておる。人はワガママに生きておるが、互いに助け合って生きておる。わらわにとって、おまえは人の象徴のようなものじゃよ」

「なんだか責任、増えた気がするよ」

「そうじゃの。お主の肩にある大陸全ての重みに、ほんの少しだけの」

リフの温もりを感じながら、アステアとの戦いが近いと、そんな予感がした。


不意にギルドマスター室のドアがノックされる。

リフが入室の許可を出す。

ちょっと待て。

俺はリフに抱きかかえられたままだ。

入ってきた影は二つ。

そのうちの一つが慌てた様子を見せる。

「あ、兄貴！　さっそく不倫はまずいでしょ!?」

「ウィーグ……いや、これは違くて……」

「なにが違うのじゃ？　わらわの気持ちをもてあそんだのか？」

「いやいや、勘弁してくれよ……!?」

リフまで茶番に乗ってきた。

これでは本当にルイナにどやされてしまうではないか。

「あら、いいではありませんか。もしも刺激が欲しくなったならば、是非スティルビーツに来てください」

「フィ、フィフ!?」

ウィーグの隣にいた少女が大胆な発言をする。

「かっかっか！　これは聞いてはいけないことを聞いてしまったかの！」

「いえいえ、この様子だとリフ様もギルドの本拠をスティルビーツに構えると良いかもしれませんよ」

「怖いのお。スティルビーツとギルドで手を組むと言っておるのか」

「私とリフ様が、ですよ」

「恩赦を受けたにもかかわらず、とんでもない提案をしてくるではないか。怖いのじゃ」

先日まで敵同士だったのに険悪なムードは一切ない。

彼女らの指示でどれだけの犠牲が積みあがったのか想像すると、それは……それに触れるのはあまりにも酷な話に思えてきた。

きっと、だから、彼女達《たち》は心の中の剣を見せないのかもしれない。

「ところで、ウィーグ達はどうしてここにいるんだ？」

「護衛が必要でして。俺がいきなり国王になったものだから、宮廷や周辺の国々も大慌てでしてね」

「ああ、戴冠の儀式なんかの見回りとかか？」

「それもありますけどね。フィフはしばらく外国に預けることになりまして。本人の主張でクゼーラがいいかなってことになっていましてね」

「スティルビーツの近衛《このえ》騎士が守ってくれるという話もあったのですが、とはいえ俺の目が届かないものですから……もっと信頼できる方が良いと思いまして」

フィフが上目遣いでこちらを見てくる。

……指名依頼ということなのだろうか。

「あいにくだが、俺は忙しくてな。それにルイナと結婚したからウェイラ帝国に移らなければいけないんだ」

「えっ、もう移るんですか……!?」

「ああ、悪いな」

「ぐぬぬ……見当が外れました。仕方ありません。私もウェイラ帝国に……」

「おいおい、また他所《よそ》の国で暴れられたら困るんだが」

「ご安心ください。お兄様のバックアップもちゃんとしますから！」

「元気で何よりだよ……」

まぁ、でも。

ウィーグはちょっと疲れた様子だった。

なんだかんだ、ウィーグ達の関係が戻ったみたいで良かった。

◇

……――それから数日が経《た》った。

「あれー？　食器ってどこに入れたっけ？」

四角形のマジックアイテムを覗《のぞ》きながら、シーラが声を出す。

それにネリムが自分の持っている引っ越し用の収納アイテムを確認して、

「こっちよ。家庭用の小道具系」

「おっけー！　これも入れておいて！」

俺達はウェイラ帝国の王城に引っ越すための準備を始めていた。

俺、クエナ、シーラ、ネリムの合計四人が世話になるので中々大忙しだ。ネリムはかなり迷っていたが（俺を見ながら）、リフもウェイラ帝国との連携を強めるためにギルド本部の移転を目指すとのことで渋々来るようだった。無理しなくてもいいのに、とは思う。

　引っ越し作業は手伝ってもらえるという話になっていたが、クエナの「私物は人に触らせたくない」という一声で断られた。ルイナが「これから王城に住むのだから潔癖すぎても困るぞ。女性に限定したり配慮はできるのだから……」と言っていたが、クエナは頑として譲らなかった。

　これからのことを考えると胃がキリキリしてくる。おかしい。俺の身体《からだ》は頑丈なはずなのに。

　不意にクエナが長方形のマジックアイテムを取り出した。

「そういえばこんなもの貰《もら》ってたわね……」

「なんだっけ！　それ！」

「ほら、感情メーターよ」

　シーラがクエナに尋ねている。

　クエナはマジックアイテムをどうしようか持ちながら悩んでいる。

　めんどうくさい作業をしているというのに、彼女達を見ていると随分と幸せな気持ちになれる。

　出会った頃とか、一緒に食べたご飯とか、見てきた景色や冒険を思い出すと、胸が温かくなってくる。

だからこそ、思う。

「……みんなはここに残ってもいいんだよ」

不意に心の奥底に眠っていた言葉が口に出た。

すっ、と空気が静まり返った。

慌てて彼女達に弁解する。

「あ、今のは違くて！　ほら、今回の怪物とかヤバかったからさ。俺としては危険な目に遭って欲しくないからさ。アステアとの戦闘も俺だけがいいなとか思ってて……」

言っていて、これは逆効果だと思ってしまった。

やっぱり予想通りで彼女達は不服そうな顔をしている。

だが、怒りの声は聞こえてこない。その代わりにクエナが静かに口を開いた。

「私の秘密を教えてあげる」

「秘密？」

「あんた、私が起きるの早くなったって気づいてたわよね。私ね、好きなのよ。あんたの寝顔」

突然のカミングアウトに当惑してしまう。

なんらかのリアクションをするよりも先にクエナが続ける。

「でも夜は灯《あか》りをつけたくないし、眠たいし。だから朝、あんたよりちょっぴり早く起きるの。そんなことを繰り返していると、いつもよりも早起きになってしまってたの」

そんなクエナの隣で「私も朝は密《ひそ》かにギュッて抱きしめてエネルギーをもらっています！」なんてシーラが言っている。

クエナが言う。

「危険な目に遭って欲しくない？　そんな場所に一人で行かせられないわよ。今回だって私達があの化け物を足止めしたじゃないの。あなたより弱いって自覚はあるけど、それくらいはできるわ」

クエナの言葉は止まらない。

「あなたがいなくなったら、もう死んでもいい。それくらい、愛してる」

そこまで言い切って——ぼんっとマジックアイテムが煙を吐き出した。

「おおー！　好きがマックスだって！　クエナもジードのことが大好きなんだね！　知ってたけど！」

シーラの言葉で……おおよそ、その感情メーターとやらが何なのかわかった気がした。

なんだろう。一気に恥ずかしい想《おも》いがこみ上げてきた。

「その、ごめん。いや、本当に……うん、これからも一緒に生きていこう……」

「う、うん……」

「ひゅーひゅー！　お熱いねえ！　私も交ぜてよ！」

「あ、やばい。キモイ」

俺達の引っ越しの支度は二日ほどかかってしまった。

ああ、そうだ。お別れの挨拶をしないといけないな。

こっちのギルドの面々や、串肉屋のおっちゃんとか。それと騎士団のやつらとかに。

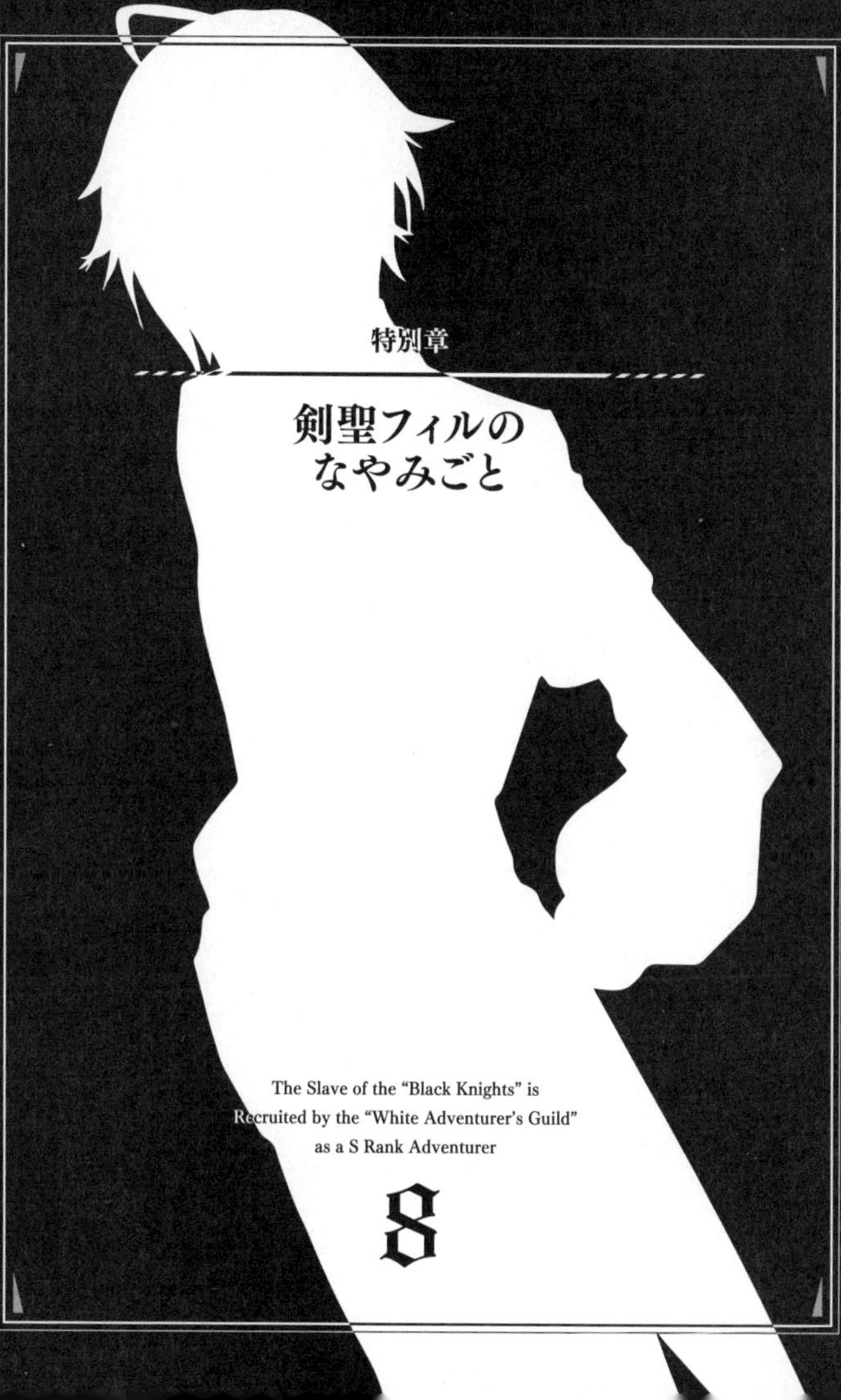

特別章

剣聖フィルのなやみごと

The Slave of the “Black Knights” is Recruited by the “White Adventurer’s Guild” as a S Rank Adventurer

8

真・アステア教団の大会館には大鏡が備えられている。

それは転移用のマジックアイテムで、大陸の各教団の支部に繋《つな》がっている。

いざとなればそれなりの人数をまとめて転移させることが可能な代物だ。もっとも女神アステアがフィフ・スティルビーツに提供した転移の技術に比べると、限定的で小規模なものではあった。

その前にソリアとフィルが立っている。

ソリアはウェイラ帝国で結婚式の司祭を務める。

常に彼女を傍《そば》で守っているフィルは今回はお留守番だった。

「それでは、神聖共和国の防衛は頼みましたよ」

「承知しました。こちらのことはご心配なく」

「ええ、フィルになら任せられます」

聖女の微笑《ほほえ》みを受けて、剣聖はたじろぐ。

その美貌と純朴さだけに惚《ほ》れたわけではない。が、それだけで惚れてしまうほどだった。

「ソリア様こそ、なにかありましたら連絡してください。すぐに駆けつけます」

「こちらはジードさんがいるから大丈夫ですよ」

ソリアが遠慮がちに言って、フィルがむくれる。

それはソリアが気を遣わないように配慮してくれた言葉だとわかっているが、フィルの内心は穏やかではない。

「なんだかソリア様を取られているみたいで妬けます」

女性同士は距離感が近い。

しかし、フィルのソリアを想う気持ちはそれ以上だった。

そんな気持ちを鈍感に受け取ったようで、ソリアは頰を朱色に染め上げながら思い出したように言う。

「そういえば、ジードさんに一生を誓われました」

乙女の口から出た告白に、フィルの身体《からだ》が雷に打たれたように前後する。

「ほ、本当ですか……!?」

声を荒らげようとしたが、言葉を紡げない。

みぞおちに力が入らなかったのだ。

「ええ、あれはメンタルケアをしていた時のことです……『一生助け合おう』なんて言われちゃいまして。一生ですよ、一生。もう恥ずかしいですっ。心の弱っている時に攻めるといいなんて聞いたことがあるんですけど、これもそうなんでしょうか。だとしたら卑《ひ》怯者《きょうもの》ですよね。でも、好きなんですもの。仕方ないですよねっ？」

ソリアは一人だけでキャッキャうふふと喜んでいる。

その横でフィルは肩の力が抜け落ちた。

「あの、それは本当に一生の誓いなのでしょうか」

「そうでしょうとも っ。恋人を飛ばしてくるなんて、急がすぎますよっ」

ソリアがぶんぶんと手を振りながら感情の昂《たか》ぶりを表現している。

あまり見せない多彩な表情筋の動きに、フィルはなんだか憧れて尊敬しているソリアに対して憐憫《れんびん》を覚えてしまった。

しかし、そこで指摘してしまうのも野暮なのかもしれない。

フィルの内心は落ち着きを取り戻していて、当たり障りのない言葉を探して口を開く。

「な、なるほど……それは、あれですね。ジードと会うのが楽しみですね」

「はい。今回は別の方との結婚式ですけどね」

不意にソリアの顔から表情が消える。

長年連れ添ったフィルだから、ソリアの目の奥に滾《たぎ》る炎を見て取った。

「暴れないでくださいよ……？」

ソリアは攻撃魔法に関してはそこまで強くない。

だが、彼女は間違いなく魔法の天才だ。

攻撃と名のつかない魔法でも、いかようにも人を御することや、害することはできる。

フィルが危惧していたのはそういうことだった。

「ふふ、そんなことは決してしませんよ。むしろフィルが行ったら私が止めることになっていたのでは？」

「わ、私はそんなこと……」

「いつまで自分の気持ちに気づかないフリをしているのですか。私はそちらの進展も楽しみにしているんですよ」

ソリアが親指を立てながらチャーミングにおどけてみせる。

「お、遅れますよ！　あちらでは騎士も待っているのですからはやく行ってください！」

フィルが背中を押して、ソリアは大鏡に触れた。小さな波紋が会館ではなく、転移先の部屋を映していた。

「はいはい。それでは、行ってきますね」

「行ってらっしゃいませ！」

顔を真っ赤に染めて、フィルはソリアを見送った。

ひとり残されて、なんだか胸元に違和感を覚え、少しだけたじろいでしまう。

（まったく、なんだというんだ）

心の底で独りごちる。

◇

神聖共和国には選監という役職の人間がいる。十選監から百選監、千選監と数字が増えていくほどに重要な仕事を担うのだが、彼らは基本的に人民によって選出される。

彼らは様々な部署を預かり、軍事、行政、外交などを司《つかさど》っている。神聖共和国を代表するのは万選監で、それが最高の役職だ。

今回、フィルは神聖共和国をソリアから任されたため、教団の騎士団を引き連れて百選監と会っていた。

「お久しぶりですな、フィル殿」

あまり目立つような顔立ちではない。特徴がない、というのが特徴だろう。そういった容姿をしている。

ヘイグマン。それがその百選監の名前だった。

「突然の来訪、すみません。お久しぶりです。お元気そうで何よりです」

「ええ、教団の方々のご協力のおかげで何とかやっております。ソリア様はウェイラ帝国に向かわれたとか」

「婚礼の件で司祭を任されたそうです」

「それは大事な役ですな」

「ええ。神聖共和国でも、真・アステア教でも、ジードには助けられていましたから」

フィルが淡々と事実を語る。

その胸の内ではジードを持ち上げるつもりなどなかった。本来であれば自分がこなさねばならない役割だったからと、悔しい気持ちがあった。

なにより語ろうとすると、不本意ながら顔が火照りそうになる。

だから、ただ事実だけを語る。それに徹することで落ち着いていられるし、過剰にも過小にも評価することはない。

そうするのはひとえに、眼前の男が言わんとすることを予期していたからである。

「しかし、ソリア様は随分とルイナ様と仲がよろしいようで」

ほらきた。

フィルが胸の内で呟《つぶや》く。

ヘイグマンの危惧していることはルイナとソリアの仲が進展することである。その結果、教団がウェイラ帝国に傾倒することが恐ろしいのだ。

「程ほどでしょう。司祭を務めるのもアステア様の教えを忠実に守っているだけのこと。一個人に対して思い入れをしているということは……まあ、ないでしょう」

一瞬だけジードの顔を思い出して間を空けてしまうが、なんとか言い切る。

また、ソリアが女神アステアに敵対していることをフィルは知っているが、目の前の百選監はその事情を与《あずか》り知らない。

よってフィルは体裁を整えるためにそれらしい理由を適当に言っている。

「ふむ。それならば良いのですが。恥ずかしながら私は主に軍事に携わっていて外交については詳しくないのですよ」

「いえ、そんな。今度の人民選出投票では千選監として出馬されるとか」

「私には分不相応ですが、周りにおされましてな」

ヘイグマンはへりくだってみせるが、彼が任されている街は神聖共和国の要所でもあった。

それが謙遜であることをフィルは理解しているが、もとより軽んじるつもりはない。軍事以外でも何かしらの権力を握っていそうな男だというのがフィルの評価だった。それは良いのか、悪いのか。

「ヘイグマン様になら民も喜んで任せられるでしょう」

「嬉《うれ》しいことを言ってくれますな。しかし、どうにも最近はきな臭い動きがあるようですからな。人民も不安で眠れない日々が続いています」

「……旧アアマン王国ですね」

フィルが言うと、ヘイグマンは頷《うなず》いた。

アアマン王国は神聖共和国が合併した国だ。

財政破綻の結果、国民側が併合を要望。当時の政治体制を廃止し、貴族を選監に任命することで、神聖共和国と一体となった。

だが、かの地域の選監も時代の流れで旧アアマン王国出身の貴族ではなくなっていた。

そのことに不満を募らせた元貴族が、私兵やらゴロツキやらを集めて何かしら画策しているという情報だった。

「私のような選監の地位にいても貴族政治の時のような甘い汁を吸えるわけではないのですけどね。彼らは未《いま》だに夢を見ている」

「民による投票はしかと行われていたのですよね？」

「もちろん、そうでしょう。貴族政治に対する不信があったから、彼らを支持する人間も少数に限られていた。だから他の地域の出身者が選監に選ばれたのです。元貴族がアアマン王国を独立させようとしているのは頭の痛い問題です」

「その火種が燻《くすぶ》っているのが、この街ですね。ここは他国との交易路になっています。神聖共和国にとって経済面の要衝と言えますから、反体制側が狙うのもわかります」

だからフィルはここにいて、ソリアから任されていた。

「ウェイラ帝国では複合軍の進攻が予想されるとか。勝ち目があるとは思えませんが、混乱が生じてしまうのも確かです。彼らは必ずそこに乗じようとするでしょう」

「私が来たのは彼らを封じ込めるためです。今回も我々教団の騎士団が微力ながらお手伝いさせていただきます」

「ええ、どうもありがとうございます。神聖共和国の戦力だけでは心もとないと思っていたんですよ」

ヘイグマンは笑顔を崩さない。

教団の手助けは当然という構えにさえ見えるほどで、実際にそれだけ関係性が深いということだった。

「その割には教団になにも要請をしていなかったようですね。我々が来ると言わなければどうされるおつもりだったんですか？」

今回のフィルの来訪は、襲撃される危険性を予期したからだった。だから突然の来訪となってしまっている。

その質問に対してヘイグマンは自然に答える。

「ただ慎重に事を運ぶつもりだっただけのことです。相手の情報も摑《つか》めてきていますから」

「こちらから先手を打てないのですか？」

「戦闘は起こしたくないのです。彼らも神聖共和国の民ですから」

よく口が回るな。

フィルは心の底で毒づいた。

（本音は私達《たち》教団には介入させないつもりだろう。自分達で解決して、次の人民選出投票で広告に使うつもりか）

フィルはそう解釈した。

だが、決してそこを突くことはない。

百選監を不用意に敵に回す面倒臭さも理解している。

彼らは貴族制の国でいえば男爵や子爵程度の権限は保持していた。しかも世襲でないぶん、優秀さも保証されている。

フィルは大人しく目を瞑《つぶ》った。

「わかりました。しかし、状況によってはこちらも動かなければなりません。教団には信者と教会を守る役目もあります。ご理解ください」

「わかっていますとも。真・アステア教の皆さんのお邪魔をするようなことはありません」

ヘイグマンが同意するところを見て、フィルは頷く。

それから多少の会話を経てフィルは部屋から退出した。

◇

フィルが建物の中を歩いていると、意外な人物を見かける。

「これは、どうしてここに」

それは緑色の髪を持ち、幼さが全面的に出ているあどけない少女だった。

少女――スフィは人影のない場所で長椅子に腰掛けていた。

「あら、フィル様じゃないですか。私は千選監の依頼でここに来ていまして」

「スフィ様がわざわざ足をお運びになるとは」

「今回依頼してきた千選監の女性は教団を助けてくれている方でして。次回の人民選出投票で現場から離れられないので、こうして私が来ています」

現在のスフィは相談役のような立場に就いている。

パイプ役として重要な仕事であるが、『アステアの徒』との戦争以前の地位に比べれば降格したと言われても仕方はない。

だが、それでも影響力はあり、真・アステア教を興した立役者だけあって千選監ほどの人物から頼りにされることも少なくなかった。

「なるほど。大変ですね」

「そう言うフィル様もお忙しそうですね」

「ええ、例の結婚式で色々とありまして。私もソリア様に付き従いたかったのですが……」

フィルが言うと、スフィが色めいた。

「むぅ。私は招待すらされていませんでした」

「い、いえ。私も居残りですので、スフィ様の仲間ですよ」

「招待されている人と、そもそも招待されていない人の差は大きいです！」

握り拳を振りながら怒りを表している。

スフィとフィルの年齢差は年の離れた姉妹くらいだ。しかし、カリスマ性に加えて政治的な才覚もあるなど多才なスフィに対してフィルは敬意を表している。もしも非常時になったとすれば、ソリアの次に指示を仰ぐほど信頼していた。

そんなフィルであっても、スフィの小動物のような動きには「かわいいな……」という呟きを禁じえなかった。

「スフィ様が忙しいと遠慮してのことでしょう。実際こうして千選監からの依頼が舞い込んできているわけですし」

フィルが慰めるためのフォローを口にする。

気持ちを受け取り、スフィは怒りをおさめた。

「それでも悲しいです。私はジード様と将来を約束したのに……」

「や、約束!?」

「はい。ジード様は私と添い遂げると……」

スフィはしょぼんっと悲しそうにしている。

冗談が入り込む余地のない様子にフィルの驚きは隠せない。

今度はフォローする余裕すらないまま問い詰める。

「ちょ、ちょっと待ってください。それはジードがプロポーズしたということですか？」

「いえ、私が『ずっと支える』と伝えたら嬉しそうに笑ってくれたんです」

「……へ？」

フィルの目が点になる。

「一生を誓えるなんて思いませんでしたっ。つい勢いで言ってしまいましたけど結果オーライですよねっ」

スフィは頬を押さえながら「きゃっ」と照れている。

うら若き乙女を眺めながら、フィルの表情は驚きから一転して静かだった。

（なんか見たことある、これ）

それはデジャヴだった。

フィルの脳裏にピンク色の髪の美しい少女が浮かぶ。

「……スフィ様、実はソリア様がジードに一生を誓われたそうです」

「なんと!?　それは本当ですか!?」

スフィが仰天しながらフィルに詰め寄った。

スフィは小さな手で掴みかかってぶんぶんと身体《からだ》を揺すってきたが、フィルは抵抗する気力すら湧くことなく続けた。

「なれ初《そ》めを聞きたいですか？」

「ぜひ！」

スフィが食い気味に答える。

フィルが一拍あけて、話す。

「……ソリア様がジードに『一生助け合おう』と言われたからだそうですよ。それがプロポーズだった、と」

「ほうほう、それで？」

スフィが続きを促す。

だが、フィルにはそれ以上の言葉はなかった。

「これで終わりです」

「えっ、え？　それだけですか？」

長話を覚悟していたのか、スフィは釈然としない様子で拍子抜けしていた。

フィルが端的に頷く。

「はい、それだけです」

「ん……？　それはプロポーズなのでしょうか？」

スフィが首を傾《かし》げる。

フィルの話では、男性が女性に恋心を伝えるというには、言葉に鋭さを感じなかったのだ。ソリアからフィル、フィルからスフィと人から人へと渡ってきた言葉だから変化していてもおかしくはないが、スフィを納得させてくれるものではなかった。

「スフィ様、これはプロポーズとは違うと思います」

「はい。私もそう思います」

フィルの断言に、スフィは同意する。

しっくりこないのは両者同じだったようだ。

客観的に見ても同じ感じ方をしている。それを確認して、「次の話に進めそうだ」と
フィルが続けた。

「私から見ればスフィ様も似たようなものです。ジードはそこまで深い意味は考えていないと思います」

「え……？」

「ですから、ソリア様と同じですね」

「え……？」

「ソリア様と同じなんです……」

「え……？」

「ストレスで難聴になりましたか？　それとも現実逃避しているんですか？　対処が変わってくるので教えてください」

「え……？」

「もしかして私がこの瞬間だけ時間をループしている可能性ありますか？」

スフィはきょとんとしている。

さすがにこれ以上、同じリアクションはしなかったが、年齢不相応に修羅場をくぐり抜けてきたスフィにしては珍しいほどに動揺していた。

その代わりに、髪を逆立てた。

「く、悔しいです！」

「悔しい……？」

スフィが突然、感情を爆発させた。

フィルは「ジードに怒っているのか？」と勘違いしそうになったが、スフィの様子を見ているとそれはどうも違うようだった。

スフィが続ける。

「それなら余計に招待されなかったことへの怒りがおさまりません！　私は余裕があったから仕事をしているのに！　これではジードさんがただ取られてしまうのを、指を咥《くわ》えて見ているだけではないですか！」

スフィがぷりぷりと頭の中にある感情を表に出す。

今にもウェイラ帝国に向かって駆け出していきそうだ。

ありませんか？」
「えっと、まあ、あれです。ジードはスフィ様のことも大事に思っているということでは
　フィルはそんな感想を抱きながら、なんだか胸元に痛みを覚えていた。
（めちゃ可愛《かわい》いな。撫《な》でたい）

　言っていて、変な気分だった。

　慰めているのに、自分が傷ついているような気持ちだ。

　そんなフィルの様子に気がついてか、スフィが口を開く。

「もしかしてフィル様は――」

　それは先ほどまでのスフィ自身の話ではなく、あくまでもフィルに向けて言ったようで。

　しかし、その言葉が続くことはなかった。

「スフィ様、概《おおむ》ね終わりました」

　別の部屋から教団の信者らしき人間が複数名出てきた。

　しかも教団の人間だけではなく、その中には十選監も含まれているようだ。

「あ、そうですか。すみませんが、フィル様……私はここで。話の続きはまた別の場所でしましょう」

　部屋から出てきた者達《たち》の手に抱えられている溢《あふ》れんばかりの資料を見て、フィルは、スフィがなにやら重要な仕事の最中であると理解した。本当は仕事を休む余裕などないのだ。

これ以上時間を使わせるわけにはいかないと頷《うなず》く。

「ええ、お疲れ様です」

スフィが言おうとしたことが妙に引っかかる。

だが、仕事の邪魔をするほどではないと、フィルは自分よりもはるかに小さな少女を見送った。

◇

都市の発展具合は外壁の大きさに比例すると言われる。

フィルが警戒に当たっている街は中規模だ。

見上げれば天辺《てっぺん》はなんとなく想像がつく。

厚さもそれほどではなく、中型の戦闘用のマジックアイテムが据え置きできるくらいだ。

フィルはその外壁の上で穏やかな風に茶髪のポニーテールをなびかせている。

「ウェイラ帝国で複合軍の奇襲が始まったそうです」

衛兵の一人がフィルに声をかける。

「そうか。では、こちらも動くかもしれんな。警戒しておけ」

「わかりました。しかし、よろしかったのですか。騎士団を勝手に動かしても」

フィルが動かしている騎士団はひとつの街を守るには明らかに過剰だった。

これでは敵に教団がこの街で警戒しているとバレてしまう。

「教団は神聖共和国とは独立した組織であり、部隊だ。情報源はどこであれ活用できるし、神聖共和国から命令を受ける謂《いわ》れはない」

その逆も然《しか》りだがな、フィルはそんなことを考える。

「しかし、友好は維持しておかなければなりませんよ」

「わかっている。だから市民の退避まではしていないんだ」

フィルとしては犠牲を極力出したくなかった。

そのためには市民を標的となるこの場から逃がせば良いだけなのだ。

だが、そこまですることはグレーどころではない明らかな越権行為だった。

「それでも大衆の間で妙なうわさが流布して街から逃げ出す者が大勢いるとか」

「はて。私の与《あずか》り知らないことだな」

「もしもバレたら大目玉ですよ。ただでさえ、今この街にはスフィ様もいらっしゃっているのに……」

「そのスフィ様にも万が一がないようにするためだ」

ようやく、衛兵がフィルの意図を察する。

「では、これだけ大々的に騎士団を動かしたのは、相手方を牽制《けんせい》して攻めさせないようにするつもりで……？」

「そのとおりだ。今回のウェイラ帝国での混乱がおさまれば奴《やつ》らも静まる他ないだろう」

　旧アアマン王国の貴族達は、あくまでも混乱に乗じて復権を唱えるつもりだろう。彼ら自身に大した武力はなく、だからこそ今を凌《しの》げばゆっくりと対話で解決できるというのがフィルの考えだ。

「しかし、複合軍の動きにもよるのではないですか。長く続くようなら、こちらも別の街を標的にされるかもしれません」

「こんなことを言ってしまうと語弊があるが、我々だからこそウェイラ帝国の力はよくわかっているだろう」

「……そうですね」

（それにあの男もいるしな……）

　フィルが黒い髪の男を思い出す。

　ジード。名前すら出さなかったのは、なぜかイヤだったからだ。

『――こちらはアアマン王国の主権復活を切に願う者の集まりである！』

　突如、そんな声が街全体に響き渡った。

　それは街にある広告や臨時のニュースの情報発信源として備えられている、音と映像を伝えるマジックアイテムから出たものだ。

「どうなっている？」

「こんな策があるとは聞いていませんが……」

「明らかにジャックされている。相手には放送と魔力の波長を合わせることができる魔法の使い手がいるのだろう。用意していた魔法を妨害するマジックアイテムを発動しろ」

フィルの指示と同時に街の外周から武装した人間が出現する。

「敵、来ました……！」

「あいつらどうして……騎士団が展開しているとわからないのか？」

フィルは疑問を口にする。

しかし、迷うのはそれまで。あとは敵が出現した時のために用意された対応策を頭に浮かべる。

放送ジャック犯の煩《うるさ》い声が耳から消えたのを確認して、騎士団に命令を出す。

戦闘が始まる。


武装した人々は一般人の動きではなかった。

統率がとれていて、練度も高い。ひとりひとりの動きから場慣れしたものも感じ取る。

フィルは外壁の上に立って指揮をしながら、

（これは報酬が高い傭兵《ようへい》も雇っているな）

そんな感想を抱く。

だが、彼らの相手は神聖共和国の精鋭部隊だ。

フィル直下の騎士団なだけあり、優秀な騎士が局所で指揮を執りながら戦闘をこなしている。

普段からソリアと行動を共にしているため、戦闘経験も豊富だった。

結果的に一度も劣勢になることはなく、畳みかけるようにして敵の撤退を迎える。

(どういうことだ。随分と簡単に勝ってしまったが……？)

大した抵抗が見られなかった。

まるで最初から勝利を目指していなかったようでさえある。

不意にフィルの耳に煩い声が届いた。

『こちらはアアマン王国の主権復活を唱える組織である！　神聖共和国が不当に支配しているこの街は我々が制圧した！』

その声に、フィルの街の外に向いていた目が内に向く。

マジックアイテムが映し出す画面には男の顔が映っていた。

そこには街の人々が一カ所にまとめられて捕縛されている様子が窺《うかが》える。

「魔法は妨害しているはず……しかしあの映像は本物か」

男の主張が嘘《うそ》ではないことを悟り、フィルが歯を噛《か》み締める。

（不審なやつらが街の検問を通っているなど、ありえないだろうが）

愚痴もそこそこにフィルが動き出す。

戦場に立つことはなかったが、それは決して弱いわけじゃない。

むしろ神聖共和国の最高の戦力だからこそ、戦うべき場所を見定めていた。

◇

――私は着任した選監が業務に当たる事務所の一角に閉じこもっていた。

外は騒がしく、状況を察するのは難しくない。

「スフィ様、いかがなさいますか？」

教団信者の一人が私に意見を伺ってくる。

十選監は怯《おび》えた顔をしているけど、教団信者のほうは泰然と構えていて、不測の事態に慣れているのがよくわかる。

「に、に、逃げたほうがいいのでは。まだ教団の転移用マジックアイテムも機能するはずです。仮に誰かが出口を閉じていても、スフィ様の権限があれば使えるかと思います」

十選監の一人が提案する。

臆病な意見だとそしられそうだけど、発言内容には同意できる点がある。

私や選監の方が捕まって人質になれば、外で暴れている人達をより有利にしてしまう。

とはいえ、です。

「いざとなれば脱出します。けれど、その前にやれることはやりましょう」

「それは人質にされている他の者達を解放するということで？」

「必要ならばそうしましょう。けれど、あまり彼らを怒らせたくはありません。隠れながら情報収集するのが一番です」

なんて偉そうなことを言いながら、すこしだけ期待していた。

私を結婚式に呼ばなかったジード様が！

ルイナ様に邪魔をされて私を結婚式に呼べなかったジード様が！

こちらの異変を聞きつけて！

私を助けてくれるのを！

不意に扉が開く。

「――おい、ここに何人か立てこもってるぞ！」

おそらく街を占拠しようとしている人なのだろう。

男が声を荒らげながら、こちらに剣を向けてくる。

信者の一人が構える。

が、それよりも先に男が倒れた。

私は黒い髪の男性を思い浮かべながら――

「大丈夫ですか」

茶色いポニーテールが元気よく左右に揺れていた。

「なんでジードさんじゃないんですか!?」

「ど、どういうことですか!?」

「私は助けられるならジードさんがいいです！」

「ふざけている場合ですか!?」

フィル様が真面目に突っ込む。

そりゃそうですけども、そちらが正しいですけども、私だって年相応に夢を見てもいいじゃないですか！

なんて静かな不満を胸に覚えていた。

◇

フィルは、スフィの無事を確認して胸を撫《な》で下ろした。

この人物が人質にされるような事態があっては、ソリアに合わせる顔がない。

「なんでジードさんじゃないんですか!?」

「ど、どういうことですか!?」

「私は助けられるならジードさんがいいです!」

「ふざけている場合ですか!?」

子供らしいちょっとしたワガママだったが、またフィルの胸にチクリと刺さるものがあった。

ふと、フィルが心に押し込めていた思いの丈が口から出る。

「私だって……ジードに会いたいし……」

「え、フィル様……？」

フィルの声はか細く、スフィは聞き取れなかった。

しかし、スフィが聞き返してもフィルはそっぽを向いて口を閉ざす。

「なんでもありませんっ」

フィルは恥ずかしそうに照れていた。

その間にも外が騒がしくなる。

人が集まり出しているようだった。

「本当にふざけている場合ではありませんね。フィル様、こちらは多少の兵力はありますが、外壁から押し寄せてきている兵力はどれほどですか？」

「外壁での戦闘は終了しました。こちらの勝利です」

フィルが端的に答える。

すると、スフィは目を点にした。

「え？　それでは街の中にいる彼らは……？」

「どこから入ったのか。どこかに抜け道があったのかもしれません」

「私はてっきり外壁を抜かれたのかと……そうだったのですか」

「私達《たち》が負けるほどの大激戦があると予想されたら、神聖共和国側もスフィ様をこちらに寄こすようなことはしないでしょう」

「と、なるとやはり……」

スフィがぼそりと呟《つぶや》く。

それがひとりごとであると判断して、フィルが言う。

「他に占拠されていた場所は鎮圧しました。残りはこの周囲だけです」

「さすが剣聖と名高いフィル様です！」

「では、今しばらくお待ちください」

◇

敵をなぎ倒しながら、フィルには色々と思うところがあった。

ジード、ジード、ジード……

なぜ敬愛する彼女は彼の名前を口にするのだろう。

なぜ私よりも小さいのに活躍する彼女は彼の名前を呟くのだろう。

彼女らは好きだ。

でも、もやもやする。

彼の名前を呟かれるだけで胸が裂けそうな気持ちになると、気がついた。

「や、やめろ！　これ以上近づいてみろ！」

アアマン王国を復活させたい輩《やから》の一員であろう男が、剣を人質に向けながらフィルを制止した。

（さすがに気づかれるか）

フィルは迅速な動きで敵同士が命令や判断の連絡を取り合うよりも先に倒していた。

それも相手に手練《てだ》れがいては限界がある。

「やめておけ。もうおまえ達は終わりだ。これ以上、罪を重ねない方が身のためだぞ」

「う、うるさい！　俺に手を出してみろ！　この場所は配信されているんだ、人質を殺されればおまえらクズってことになるぞ！」

フィルの殲滅《せんめつ》力の高さにすべての計算がズレ、男は混乱しているようだった。

男に刃物を立てられた人質の首筋から血が流れる。

もうほとんど正気を失っている。

「落ち着け、これからどうするつもりだ？　ここから逃げるつもりか？」

「まだだ！　行動は起こしていないが、この街には俺の仲間が数多く潜んでいる！　俺達の要求を呑《の》まなければこの街全体が人質だぞ！」

「……」

フィルがため息をつく。

いったいどこからそれだけの数が入ってきたのか。呆《あき》れ半分の気持ちもあった。

フィルが停止したのを見て、男は口角を吊《つ》り上げる。

「そうだ、余計な抵抗なんかするな。おまえ達はもう負けているんだよ」

「ああ、そうか」

「そうだ！　よくも俺の仲間を痛めつけてくれたな……そうだな、おまえ、服を脱いでもらおうか」

配信しながら、男はそんな要求を突き出す。

フィルの額に血管が浮かんだ。

（こいつ私を辱める気か）

男が舌なめずりしながらフィルを見ている。

どこまでも腐った人間性を感じ取って、フィルの怒りは限界に達していた。

「お、おい、聞いているのか！」

「……うるさい」

「は？」

フィルの声が小さく、男は思わず聞き返した。

だが、彼女は言葉を続けることはなく、なにやらプルプルと震えている。

男はフィルが追い詰められ、女として屈辱を覚えているのだと解釈した。

「おい、いいからはやく脱げよ。みんなお待ちかね――」

「ふざけるなよ‼　どうしてジードはそんな風に私に劣情を抱かないんだ‼　どうして私を見てくれないんだ！！！」

なにかがフィルの中で決壊した。

「は、はぇ……？」

「いいか！　この街で暴れてみろ！　もうどうでもいいわ！　私が暴れたやつの首をことごとく刎《は》ねてやる！！！」

フィルの剣幕に男が怯える。

それでも意思を貫き通そうとしたのは条件反射のようなものだっただろう。

「い、いいのか！　おまえの名声は地に落ちるぞ！」

「舐《な》めるなよ、犯罪者！　敵に屈するよりマシだ！　道づれにしてやるから覚悟しろよ！」

フィルが剣を男に突き付ける。

その声と同時に建物で人質にされている人々から声が上がる。

「そうだ！　俺達は犯罪者に屈しない！」

「殺すなら殺せ！」

彼らの声に同調するように外でも歓声が広がる。

それはフィルの言葉に賛同した人々の声だった。

「俺達は敵に屈しない！」

神聖共和国の民は幾たびの戦争と悲しみを乗り越えてきた。

その結果がこうして現れている。

とはいえ、言ったフィル本人はそこまで意識していなかったようで、やや驚いていた。

だが、男が啞然《あぜん》としている姿に隙を見て、すぐさま行動に移す。

男の腕を胴体から斬り離し、人質から突き飛ばしてみせた。

「お、俺の右腕が！　な、なんで!?」

腕に向かって這《は》いずりながら、男が叫ぶ。

「うるさい。治癒士をすぐに呼ぶからほざくな。仲間は他にいるのか？」

フィルは周囲も制圧していた。

一瞬の出来事である。

「な、なおしてくれ！　俺の手をなおしてくれ！」

「仲間は？」

フィルが男の鼻先に剣を向ける。

あまりの恐怖から、男は泡を吹きながら倒れてしまった。

「……はぁ」

フィルが頭を掻《か》きながら、ため息をついた。

◇

ウェイラ帝国を襲った複合軍の一連の騒ぎから一晩が経《た》つ。

ルイナがあらためてパーティーを開催した。

結婚式が化け物の出現で大荒れになってしまったお詫《わ》びらしい。

あんなことがあったのに参加者は結婚式と同じくらい……あるいは、それ以上だ。むしろ、どんな天変地異があっても帝国との良い関係を保つために参加してくれる人を見極めているのだろうか。なんて、素人ながら深読みしてみる。

「ジードさん、この度はお見事な活躍でした！」

黄金色の瞳が俺を一心に見つめる。

ソリア・エイデンだ。

綺麗《きれい》な笑顔に感化されてこちらまで頬が緩んでしまう。

「ああ、無事にもうひとりの俺とも和解できたからな。あいつの力があったから化け物を倒せた」

「それはなによりです！　私がなにもしなくてもジードさんはお一人で解決されて、さすがです！」

謙虚に俺を持ち上げてくる。

首を左右に振って、そんな彼女の言葉をやんわりと否定する。

「いいや、ソリアがいなかったらこんなにスムーズにいかなかったと思うよ」

「そ、そんなことは……！」

「きっと、あいつも俺がなんとかしようって気持ちを知ってくれていたんだと思う。それはきっと、ソリアが精神魔法で診てくれていたから通じたんだ」

「ジードさん……！　そ、その、私なんかでも役に立ったのなら……その……えへへ、つとめを果たせました……！」

心の底から嬉《うれ》しそうにしてくれる。

つとめ……？

大層な単語にちょっと違和感を覚えた。

しかし、それに突っ込むよりも先に横から人の気配が増える。

「やあ、ソリアちゃん。恋人さんとお話し中かい？」

白髪で小柄な老婆だった。

しわがれているが、思わず姿勢を正してしまう雰囲気を醸し出している。

護衛が二人いて、遠巻きにしている人達《たち》も老婆を気遣っているようだった。かなり偉い立場の人なのだろう。

「こ、恋人なんてそんな……！」

ソリアが老婆の言葉にあわあわと慌てる。

そんな彼女の姿に孫娘を眺めるような穏やかな笑みを浮かべながら、老婆がこちらを見た。

「はじめまして、帝王ジード殿。私は神聖共和国で万選監をしている者です」

「どうも、ソリアには世話になってる……ます」

「せ、せ、世話……！　私はまだそこまでは……！」

そこまでは？

前々から気づいていたが、なんとなくソリアとは言葉の感覚がちょっと違うのかもしれない。

ソリアほど賢ければ俺なんかでは遠く及ばないことを考えているだろうからな。

そんな俺達の仲を見ながら、老婆が言う。

「ふぉっふぉ、あまり新郎さんと仲良くしていたら鬼がやってくるかもしれないですよ」

「だれが鬼だ、だれが」

聞き慣れた声だった。

ルイナが俺の後ろから話に参加してきた。

その声には鬼に比喩された怒りよりも、懐かしさを感じているような色があった。

あのルイナでさえ、親しみを感じている老婆なのだろう。

「こんな老人にひどい物言いじゃのう。こんな鬼嫁では尻に敷かれて大変じゃろう、ジード殿」

「ああ、大変だ……です」

老婆の意見を全面的に肯定する。

ルイナとは冗談だと受け取ってくれる関係性になったからできることだろう。

それに大変なのは事実だ。

いきなり結婚なんて話になったのだから。

「はっは、新しい帝王は素直だねえ。こんな老人でさえ怖くて涙が出そうになっているのだから、もっと優しい鬼になるべきだわね」

「そんなに脆弱《ぜいじゃく》ならば次の人民選出投票で負けて引退するがいい」

「そうはいかんのお。まだまだ現役でいたいからねえ。でも、ソリアちゃんなら任せられるんだけどねえ？」

「か、勘弁してください。私ではとても務まりません」

ソリアが首を振る。

老婆のいる地位は生易しいものではないということだろう。

「最近の神聖共和国には教団を快く思わない勢力だってあるんだろう？　そうだ、先日クーデターの軍勢に襲われたって街の選監もその一人という情報を摑《つか》んでいるぞ」

突然、物騒な話が放り込まれる。

「クーデター？　それ大丈夫だったのか？」

思わず問いかけた。

神都を失ったばかりなのだ。

世の中、争いのない時が続くばかりではないとは知っているが、今しばらく神聖共和国には平和であって欲しいのだ。

俺の願いに、まるで応えるようにソリアが頷《うなず》いた。

「ええ、幸いフィルがいましたから」

フィルか。

そういえば結婚式では見かけなかったが、神聖共和国に残って防衛していたのか。

あいつならば負けるような姿も想像できないな。

「また教団には助けてもらったわねぇ」

「そんな。こちらも助けてもらってばかりですから」

「そうだねえ。神聖共和国と教団は切っても切り離せない歴史がある。先代の万選監はよろしくない組織と関係があったようだけどねえ」

おそらく『アステアの徒』だろう。

ふと、ルイナが俺の肩に手を回す。

見れば、ソリアの肩にも手を回しているようだった。

まるで俺達をつなぐような身振りだ。

「果たして本当に教団と神聖共和国の関係が長続きするかな。ジードがこちらに来た以上、ソリアはうちに来ると思わないか」

ルイナの手によって、俺とソリアの距離が近づいた。

桃色の髪よりも染まった頰とくっつきそうだ。

ソリアが「ほぇ!?」と妙な声を出して目を見開いている。

「おやおや、そうなのかい？」

老婆が悲しそうな顔をする。

それをソリアがぐっと堪《こら》えるような顔をして、

「あまり私を困らせないでください、お二人とも！」

なんて言う。

見れば、老婆もルイナも意地悪そうに笑っていた。

◇

街の占拠事件の翌日。

今回の一件を主導した元貴族達は、その日のうちに真・アステア教団の騎士団によって残らず捕らえられた。

落ち着きを取り戻した街の一角で、フィルは扉を叩《たた》く。

中から入室の許可が出ると、そこにはヘイグマンが椅子に座っており、対面にはスフィもいた。

「やあ、お疲れ様です」

「フィル様、先日はご苦労様でした」

「どうも。事件の報告をしようと思っていたのですが、まだ用件があるようでしたら、私は外で待機しています」

フィルが言い、それを制止したのはスフィだった。

「いえ、大丈夫ですよ。ちょうど良いので部屋で待っていてくださいますか」

「ん、はい……？」

言われて、フィルは扉の近くで待機した。

スフィが口を開く。

「私、今回の事件でちょっと気になっていたことがあったんです」

「なにか？」

スフィの言葉にヘイグマンが問い返す。

「街に侵入した方達はどうやって入ったんでしょう」

「おそらく監視の目の行き届かない抜け道があったのでしょうな」

「どこに？」

「それは……私にはわかりかねます。事件について、フィル殿が調査したのでしょう。侵入ルートについて、なにかわかりましたかな？」

「ええ、抜け道はありました。人道的な千選監の命令で捕虜を尋問することができませんでしたが、現場の痕跡と目撃証言で辿《たど》りつきました」

フィルの手に書類があった。

それは報告書であり、彼女の発言はしっかり裏取りされている。

聞いて、スフィは芝居がかったように驚いてみせた。

「本当に抜け道があったのですね。一体どうやって探し出したのでしょうか？」

「スフィ殿、何が言いたいのですか？」

ヘイグマンが聞き返す。

スフィは質問をしているのではなく、なにかを促しているのだと推し量ったためだ。

「おそらくですよ。私は街の内部に協力者がいたのではないか、なんて考えているのです」

「それならば色々と合点がいきますね」

スフィの言葉にフィルが納得してみせた。

実際にフィルも当事者として今回の事件にはどこか違和感を覚えていたのだ。

「旧アアマン王国は国王の下にいる貴族達が国民の意見を聞き、政策として実現していく立憲君主制です。そもそも神聖共和国に併合されることを望んだのは国民側で、反発しているのは貴族に連なる者達だけでした。しかし人質を取るという卑劣な手段で主権を奪い返したとして、旧アアマン王国の民はどう思うでしょうか。きっと、『間違ってる』と反感を抱くはずです。ですから、そんなやり方で独立が上手《うま》くいくとは思えません」

「スフィ殿は、彼らに真の狙いがあると？」

「ええ。ところでヘイグマン様は今回の一件で、フィル様に極力動かないよう指示していましたよね」

「それが、なにか？」

とくに否定することなく、ヘイグマンが続きを促す。

「つまり、あなたは別に自衛の手段を備えていたことになります。事実、神聖共和国から騎士団の一部隊を招集していました」

「もちろんのことです。彼らの動きは事前に察知していましたから。準備を怠るわけにはいきません」

「ですが、ヘイグマン様が招集した騎士団は動いていません。先日はどこにいたかすらわかっていませんでした」

ここまで来てフィルは、スフィが随分と調査をしているのだとわかった。その上でなにやらヘイグマンを問い詰めている。

事実、この対話でヘイグマンは完全に受け身になっていた。

「招集した騎士団には待機をしてもらっていたんです」

「外壁から敵が迫ってきているのに？　フィル様の教団の騎士団が戦闘していたのに？」

色々と矛盾の多い動きだった。

スフィはなにかを促すような問い詰め方をする。

ここまで来れば、フィルはなんとなく悟っていた。

（スフィ様はヘイグマン様に自白をさせたいのか？）

スフィに追い詰められ、ヘイグマンの顔色が青白く、汗まで伝うようになっていた。

「それは……街の中の安全を守るためです。事実、占拠されそうになっていましたから」

「結果から見れば選択自体は正しいと言えるでしょう。でも、治安維持のための動きはなかった。実際、乗っ取ろうとした犯人達《たち》を制圧したのはフィル様です」

つまり外周での戦闘も、街中での戦闘も、すべて教団が勝手に動いて勝手に解決したことになる。

ならばヘイグマンの招集した部隊はどうなったか。どこにも戦果に関する報告がないことから動いていなかったことがわかる。

それについてはヘイグマンも否定はできないようで、絞り出すように声を出す。

「私の指示が届かない場所でした。敵により指示系統が分断されていましたから」

「それでは待機させた意味がないでしょう」

「……先ほどから私を責め立てるような発言ですね。一体なにが言いたいのですか？」

ヘイグマンの口調に怒りがこもる。

あきらかにスフィを敵視していた。

「ヘイグマン様、私が考える、今回の事件の主犯はですね、まずアアマン王国の復権を願う元貴族。これは実際に捕縛されました。ですが、他方に街の中への侵入を手引した人がいるのではないでしょうか」

「それが私だと？」

こらえきれずにヘイグマンが投げかける。

スフィも隠すつもりはない。

だが、肯定も否定もすることなく、ただ言葉をぶつけていくだけだった。

スフィの姿勢は慎重だ。傍観しているフィルは、そう見て取った。だが、ヘイグマンにはフィルと同じ視点を持てるような余裕がないようだった。

「一番の疑問は、アアマン王国の復権派が独立運動を旧アアマン王国の領土でやらなかったことです。放送の内容も旧王国国民に呼びかけるわけでもなく、ただの脅迫。彼らの目的は独立ではなかったのではないでしょうか」

「……それは不可解だと思っていましたが」

ヘイグマンは折れかかっていた。

未《いま》だに逃れるための発言をしている。だが、その言葉尻に力はない。

「もしかして彼らが復権派を名乗ったことすらブラフだったかもしれませんね。そして、あなたと協力した。おそらく一芝居打とうと思ったのではないですか。自分が襲われた街を救った英雄だと。そうなれば次回の千選監を決める人民選出投票で大きなアピールができるわけです」

「いい加減にしろ、とんだ侮辱を――」

「――そんな時にフィル様が教団の騎士団を動かしてしまった。国から独立した部隊です。指示が出せるはずもない。だから作戦を変えたんです。外は放棄して内から崩そうと」

「そ、そんなことをしてもメリットはない」

ヘイグマンが明らかに慌てた口調になる。

一方のスフィは至って冷静だった。

あくまでも問い詰める。

「では、事件当日のヘイグマン様の行動に関する報告書を提出してください。私は千選監の依頼で動いているので、これは神聖共和国の命令と捉えていただいて構いません。ああ、そういえば、かの千選監は次の人民選出投票のライバルとなる方でしたか。もしフィル様が街の防衛に失敗していたとすれば、あなたの票は減りますが、教団と親密な関係にある千選監の票はもっと減ることになったでしょうね」

そこには強《したた》かな計算があった。

「……そんなことは」

そう言うヘイグマンには勢いがなかった。

言葉は枯れかけている。

彼の身体《からだ》は押せば倒れそうなくらいひ弱そうに震えていた。

「残念ながら、あなたが教団を排除しようとする動きは知っていました。私が千選監の依頼でこの街に来たのも、実はあなたの調査をするためなんです。ヘイグマン様」

「……」

言われて、ヘイグマンは顔を両手に埋《うず》める。

なにか思い当たる節があるのだろう。

(そういえばソリア様がウェイラ帝国になびかれるのを気にしていた様子だったな。この男の狙いは神聖共和国と教団の分断か……？)

ここまでの会話を聞いて、フィルが一人で納得する。

それから、スフィが続けた。

「今回の事件の主犯格の元貴族らの尋問を行ったのは我々です。千選監に頼んで、先に対話させていただきました」

「……それで、吐きましたかな」

「ええ。あなたとの協力関係も教えていただきました。対価は減刑です。また、出所後の身の振り方の保証も。……何十年先になるかはわかりませんけど」

「そうですか。では、私は死刑になりますか」

ヘイグマンがやつれきった顔を両手から出した。

もはや罪を認めている。

この部屋に来るまでヘイグマンが事件の共犯だと思い至っていなかったフィルは、しかし十分な前振りを会話で経ていたため、驚きはなかった。

「重罪は免れないでしょうね」

「実行犯は罪が軽くされるのにですか」

「だって、あなたが首謀者でしょう」

「いいえ、私はあくまでも共犯。彼らは本当にアアマン王国の復権派ですよ。私が千選監に選ばれた暁には王国独立を約束する――という夢物語を信じて良いように動いてくれたバカでしたけどね」

自供だった。

ヘイグマンはすっかり諦めている。

「人を呼びますが、構いませんね？」

スフィが問いかける。

ヘイグマンは初めて頷《うなず》いてみせた。

それからスフィが合図を送ると、外から人が入ってくる。

彼らは中央から派遣された騎士団だった。

その用意周到なところから、ヘイグマンの拘束はすでに計画されていたことだとわかる。

捕らえられたヘイグマンは、どこへやら連れて行かれた。

それから、スフィとフィルだけが部屋に残った。

「しかし、司法取引をされていたとは。私達が共犯者を尋問できないわけですね」

フィルが改めてスフィの手腕に感服する。

「いえ、していませんよ」

スフィがあっけらかんと答えた。

フィルが目を点にする。

「え、先ほどは共犯者が協力関係を暴露したと……」

「あれは嘘《うそ》です。彼の自白を録《と》るための」

スフィがポケットからマジックアイテムを取り出した。

直感的にそれが録音をするためのものだとわかる。

「なっ……それは証拠として使えるのですか？」

スフィがヘイグマンを騙《だま》したことは明白だった。

褒められたものではない。

どころか、違法の可能性さえある。そこはスフィもわかっているようで、曖昧にマジックアイテムを眺めていた。

「どうでしょう。とりあえず、今回依頼してきた千選監に渡します。彼も変に抵抗するよりはと、この場を凌《しの》ぐために勝手に自白しただけかもしれませんから、きちんと裏を取らなければいけないのも事実ですしね」

「……あの、よかったんですか、それ」

あくまでもフィルの担当は軍務である。

それもソリア直下の人間だ。

そのため内政や外交に関する口出しはしづらい点もある。だが、さすがに今回のやり方については下手すればスフィが批判を浴びることになる。

しかし、スフィはあくまでもケロッとしている。

「我々は真・アステア教団です。神聖共和国とは独立した組織ですからね。厳密な意味で責任を追及されることはありません。依頼主の千選監も政治的思惑で我々を動かしたことは承知していますが、敵になる人物ではないと調査済みですよ」

スフィは誤った判断を下さないよう、慎重な様子だった。

それを見てフィルも深く追及することはない。

言葉では眼前の少女に太刀打ちできないと理解してしまったからだ。

「随分と無茶をされますね……」

フィルがそんな感想を漏らす。

「表にはソリア様がいますからね。私は裏方としてできる限りのことをしたいだけです」

「それがどんなに汚くとも、ですか？」

フィルが思わず聞いてしまう。

こんな小さい子供にそこまでの覚悟を見せられては、確かめざるをえなかった。

しかし、自分でもわかっている。

汚いことが正しくないことだと言えるような人間でもない。

実際に何人も人を屠《ほふ》ってきたのだから。

スフィがそんなフィルを諭すように、穏やかな表情を湛《たた》える。

「ええ、教団にはそれができる。だから、私は本音で言えばヘイグマン様を助けたかった」

「な、なぜですか」

スフィの言葉に動揺する。

そこにはスフィに対する信用もある。だが、ここまでの手腕を見て彼女が敵に回ることを想定したくなかったからかもしれない。

「女神アステアが敵であることを考えれば、真・アステア教は貶《おとし》められ、なくなった方がいいからです」

「それは……そうですが」

スフィの理想に、フィルは同意する。

だが、教団の影響力を思えば、それは難しい。

ルイナやリフも教団の解体を考えたはずだ。

できないと判断したのは女神アステアが国を問わず、大陸中で信仰されているからだ。

それを知っていて、それでもスフィは続ける。

「できることなら、教団が国の政に関与するような状況をなくしたい」

「で、ですが、今回は我々のような独立した組織がいなければ解決しなかったはずです」

先ほどまで咎《とが》めていた人物が擁護に回っている。

かなり変な光景だった。

「真・アステア教団と選監以外の独立した組織があれば良いだけですよ。それが、ほかの教団でも構いません。正義さえ間違わなければ」

スフィはフィル以外の別のなにかを見ていた。

その目の奥底には怒りの焔《ほのお》があるように見て取れた。

(アステアを憎んでいるのか。この歳《とし》でなにかを憎むのか……。私もかつてはなにかを憎んだものだがソリア様に救われた。しかし、彼女は……)

ふと、スフィが身体を伸ばす。

「あ〜、疲れました。今日はジード様に囲まれながら寝るとします」

「か……囲まれる?」

ジードは一人だけでは。囲まれることなんてできないのでは。フィルがそんな理屈じみたことを考える。

「秘蔵の写真コレクション部屋があるんです！　そこでは熱い視線を感じることができて——！」

スフィの先ほどまでとは打って変わった様子に、フィルは戸惑いを隠せない。

だが、なんとなく安心できた。

（この子も……あいつに救われたのかもしれない）

フィルはそんなことを思った。

同時に（自分のように歪《ゆが》んでいなくてよかった）とも思った。

フィルのソリアに対する想《おも》いは同性に対するものだ。他と比べると過剰に強くはあるが、敬愛や崇拝という域からは出ないと言える。

だが、もし最初に助けてくれた相手が異性であればどうだったろうか。

聖女に剣を捧《ささ》げる剣聖、ではない。

目の前で小躍りする真・アステア教の創始者スフィのように、今とは違う自分に変わっていたのかもしれない。

再びフィルは胸に突き刺さるものを感じた。

（前と比べると弱くなった……？）

フィルは左胸を手で押さえた。

それを見て、スフィは言う。

「ああ、そういえば、フィル様はこれからが大変ですね」

「え？　どういうことですか？」

まったく身に覚えのない言葉にフィルが首を傾《かし》げる。

百選監が捕縛された。

しかも自分の任務中に。

それはたしかに大変なことだ。

しかし、実際に証拠を集めて捕縛したスフィに比べればそれほどではないだろう。

今回の争いについても事務方の作成した報告書にハンコを押して、ソリアに提出するくらいで終わるだろう。

本当に身に覚えがなかった。

だが、スフィはそれに対しては答えない。

「前にお会いした時、私がなにか言おうとしたのを覚えていますか？」

それはスフィに声を掛けた時のことだ。

資料を集めていたであろう者達《たち》が割って入ってきたために中断されていた。

それについては覚えがあり、フィルは頷く。

「ああ、あれですか。もちろん、覚えていますけど……」

「もう忘れても構いませんよ。私が言わんとすることは、これからフィル様のお耳にもしかと届くでしょうから」

「それはどういう……？」

意味深なスフィの言葉に、フィルは腑《ふ》に落ちないようだった。

「ふふ。それでは、私はこれにて失礼します」

言いながら、スフィは踵《きびす》を返すのだった。

これからお気に入りの部屋に引きこもることを想像しているのだろう。

るんるん気分でスキップしながら歩いている。

小さな姿相応にはしゃいでいるスフィを見ながらフィルは首を捻《ひね》る。

スフィの言葉の意味を知ったのは、しばらく後だった。

◇

フィルはソリアと長椅子に並んで新聞を読んでいた。

大陸には当然ながら冒険者カード以外の情報源もあり、この紙の媒体もそのひとつだった。

だが、二人の様子はニュースを見ているというには妙だった。

ソリアがニマニマと笑っている。

フィルが俯《うつむ》きながらも、耳元まで真っ赤にしているため、その表情は新聞越しでもなんとなく窺《うかが》い知れた。

「『神聖共和国の【剣聖】、愛の告白か。ウェイラ帝国の元女帝に宣戦布告』……なるほど、なるほど。随分と面白いですね」

ソリアが楽しそうに記事の見出しを読み上げる。

フィルが両手で顔を押さえながら床に倒れて悶《もだ》える。

「や、やめてくださいっ！」

そんなフィルの要請をソリアは記事を読み上げることで拒否した。

「あ、ほら、ここ。映像の発言が切り抜かれてますよ。『どうして私を見てくれないんだ！』ですって」

「うぅぅ～っっ!!」

「『どうしてジードはそんな風に私に劣情を抱かないんだ!!』って！　おお～、大胆な発言！」

ソリアが当時のフィルを真似《まね》しながら、言う。

挙動も似せてきていることから、新聞よりも先に映像配信を見ていたのは明らかだった。

「か、勘弁してくださいぃぃ……！」

それは占拠事件で人質を取る敵の前に躍り出たとき、フィルがつい切れて発言した内容だった。

　映像が配信されていたこともあり、その言葉は今や多くの人間が知るところとなった。

「ジードさんへ愛を紡いでいる人の中で最も知られているのは、ルイナ様を除けばフィルかもしれませんね」

　言われて、フィルが叫ぶ。

「もう勘弁してください――――！！！」

　それからフィルは毎日のようにソリアにイジられることになった。

　また、ジードと会いそうな場所は極力避けていた。

　それどころか、街中をあまり出歩かなくなった。

「ほとぼりが冷めるまでしばらく人とは会えない……」

　フィルの涙目はしばらく収まらなかったという。

　そんな彼女の様子を見て、ソリアは言う。

「メンタルケアを手伝いましょう。もっと素直になれるよう、胸の内にある本当の気持ちを大切にできるようにね」

　フィルの胸の痛みはいつの間にか消えていた。

あとがき

床屋ではバッサリ切ってもらいます。次は長く伸びてから行くので、大体2、3か月は空いてしまって、店主との会話は「ここ初めてですか？」がお決まりです。腕が良いのが悔しい。

どうも、寺王です。

番外編長かったですか？

最近は負けヒロインを愛するラブコメが出てきましたね。かくいう私も様々な作品のヒロインに萌《も》えたので嬉《うれ》しいかぎりです。

しかし、なんだろうね。相手にすらされないヒロイン（？）もいるじゃないですか。同級生のモブキャラとか、ナイスバディーのお姉さんとか。うん、まあ母親キャラとか倫観的にもアレなのかなとか、大人の都合でアレなのかなとか、そういうのはあると思うんです。だから仕方ない、仕方ないんです。

でも、なんとなくそのことを考えると、今作ではフィルがその立ち位置に近かったのかなと思ってしまいました。ソリアのお付き的な、かませ犬的な。だから「このままで終わるのは本望じゃない」と覚悟を決めて書きました。

だから長くてもいいんだ。だから私は書いたんだ。悔いも反省もない。私をやりたければやれ。

フィルは間違いなく、ヒロインです。


さて、引かれる前に話を変えます。

由夜先生、今巻も素晴らしいイラストをありがとうございます！

担当さん、今巻も色々とすみませんでした……。いつもありがとうございます！

その他の関係者の皆様、ありがとうございます（すみません）！

そして、今巻もお読みいただいた皆様、ありがとうございます！


小説のほうのシリーズは、電子版とか含めると4000人くらいは追っているのかなって雰囲気を感じるんですが、どうでしょう。

いやはや、すごいな。いま8巻目ですよ。よく付いてきましたね。4000人くらいがこの文章を見てるんですよ。そう考えると感慨深いな。すごいですよ（二回目）。ここまで読んでくれた皆さんに幸あれ。フィルにも幸あれ。私にもあるといいな、幸。

そんな感じで次回9巻目、最終巻です。ぜひともお付き合いください！

次巻予告
「アステアは神なんかではない。
おそらく、ただの人間じゃよ」
リフが語った驚愕の真相。
女神を気取り、
世界の歴史に介入し続けた
〝怪物〟が姿を現す。
「アステアが俺にこだわる理由が
わかった気がしたよ」
そして冒険者ジードの
戦いは終局へ——!
オーバーラップ文庫
ブラックな騎士団の奴隷が
The Slave of the "Black Knights" is
ホワイトな冒険者ギルドに
Recruited by the "White Adventurer's Guild" as a S Rank Adventurer
引き抜かれてSランクになりました
9
2023年春発売予定!

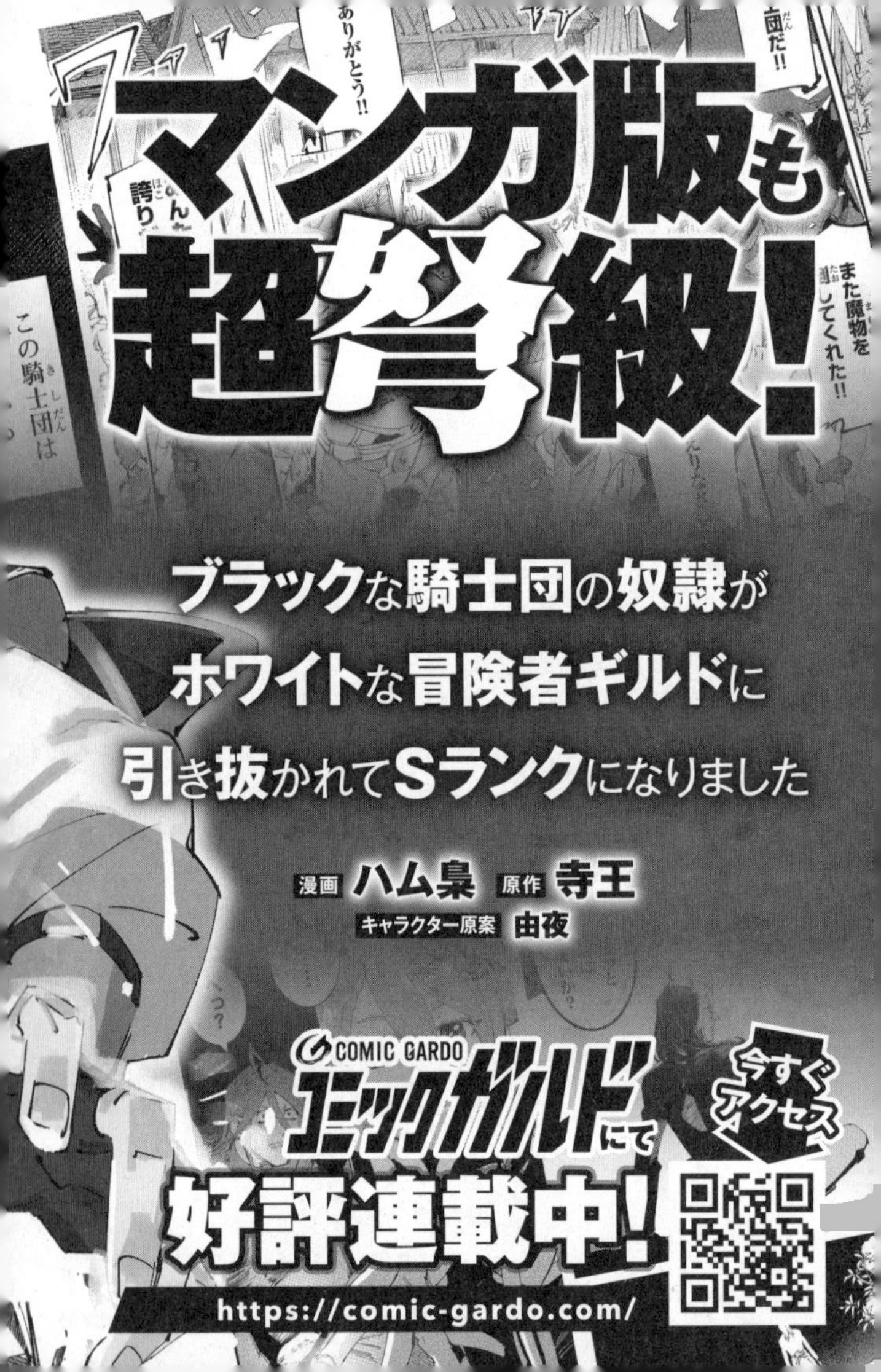

マンガ版も超弩級!
ありがとう!!
団《だん》だ!!
また魔物を倒《たお》してくれた!!
この騎士団《きしだん》は
ブラックな騎士団の奴隷が
ホワイトな冒険者ギルドに
引き抜かれてSランクになりました
漫画 ハム梟 原作 寺王
キャラクター原案 由夜
COMIC GARDO
コミックガルドにて
好評連載中!
今すぐアクセス
https://comic-gardo.com/

COMIC GARDO
イイイ
ビギィ
オォォォ…
壱式《いちしき》ー
ジン……
シード……

作品のご感想、
ファンレターをお待ちしています

あて先

〒141-0031
東京都品川区西五反田 8-1-5 五反田光和ビル4階
オーバーラップ文庫編集部
「寺王」先生係／「由夜」先生係

OVERLAP

ブラックな騎士団の奴隷がホワイトな冒険者ギルドに引き抜かれてSランクになりました 8

発　行　2022年12月25日　初版第一刷発行

著　者　寺王
発行者　永田勝治
発行所　株式会社オーバーラップ
〒141-0031　東京都品川区西五反田 8-1-5
校正・DTP　株式会社鷗来堂
印刷・製本　大日本印刷株式会社

Printed in Japan ISBN 978-4-8240-0362-1 C0193

オーバーラップ文庫
魔王と勇者の戦いの裏で
ゲーム世界に転生したけど友人の勇者が魔王討伐に旅立ったあとの
国内お留守番（内政と防衛戦）が俺のお仕事です
［伝説の裏側で奮闘するモブキャラの
本格戦記ファンタジー、此処に開幕。］
貴族の子息であるヴェルナーは、自分がRPGの世界へ転生した事を思い出す。だが彼は、ゲーム中では名前さえないまま死を迎えるモブで……？　悲劇を回避するため、そして親友でもある勇者と世界のため、識りうる知識と知恵を総動員して未来を切り拓いていく!
著 涼樹悠樹　イラスト 山椒魚
シリーズ好評発売中!!

オーバーラップ文庫
貞操逆転世界の童貞辺境領主騎士
COMIC GARDO
コミックガルド
にて
コミカライズ!
「最強騎士（の貞操）は
狙われている――」
男女の貞操観念が真逆の異世界で、世にも珍しい男騎士として辺境領主を務めるファウスト。第二王女ヴァリエールの相談役として彼女の初陣に同行することになったファウストだったが、予期せぬ惨劇と試練が待ち受けていて……!?
著 道造 イラスト めろん22
シリーズ好評発売中!!

オーバーラップ文庫
COMIC GARDO
コミックガルド
にて
コミカライズ!
俺にトラウマを与えた女子達がチラチラ見てくるけど、残念ですが手遅れです
The girls who traumatized me keep glancing at me, but alas, it's too late.
このラブコメ、みんな手遅れ。
昔から女運が悪すぎて感情がぶっ壊れてしまった少年・雪兎。そんな雪兎が高校に入学したら、過去に彼を傷つけてトラウマを与えてきた幼馴染や元部活仲間の少女が同じクラスにいた上に、彼のことをチラチラ見ているようで……?
著 御堂ユラギ　イラスト 緜
シリーズ好評発売中!!